LA PARTITION DU VOYAGEUR

Stéphane Marchand

La Partition du voyageur

ROMAN

MERCVRE DE FRANCE
MCMLXXXIX

ISBN 2-7152-1609-2

26, rue de Condé, 75006 Paris.
Imprimé en France.

Aux miens
A Caroline
A Marion

Première partie

Je me tais depuis si longtemps que je vais tout lâcher comme un torrent furieux, Seigneur ! On dira que le gars qui raconte ça a des visions, qu'il débloque. On croira que c'est trop affreux pour que ce soit réellement arrivé, trop horrible pour être vrai.

Mais s'il vous plaît, croyez-moi ! Aujourd'hui encore, il m'est difficile de garder l'esprit clair quand j'y pense.

Mais c'est la vérité.

Même si ce n'est pas arrivé.

Ken Kesey
Vol au-dessus d'un nid de coucou.

Sur le zinc, une vieille prostituée terminait sa nuit dans le brouillard d'une brune et la fumée d'une tasse de café. Elle fredonnait du Barbara avec une voix éraillée et *l'Aigle noir* était aphone. J'avalais un croissant en l'écoutant. J'étais ému. C'était beau, cette femme avec son rimmel et son blush comme des couleurs de guerre sur une tête d'Indien, qui chantonnait *l'Aigle noir un jour s'est envolé*. Un dernier rêve doré dans ce trou sombre où elle se débattait. Pour certains, le matin signifiait réveil, brume et travail, pour d'autres, le matin c'était la trêve, l'air pur et le ciel bleu marine. Le temps de respirer et la douleur sourde des courbatures comme un mauvais souvenir presque oublié.

J'offris un jus d'orange à cette étoile du matin blême. Elle m'adressa un sourire reconnaissant, premier regard du petit jour qui faisait chaud au cœur ; dans le bas monde, il s'agissait d'un trésor inestimable, d'une perle rare qui donne envie d'être bon pour le restant de ses jours. Je pensai à Léa, femme de ma vie, les jours et les nuits.

J'allumai une cigarette, une blonde, la première de la journée, la meilleure. La fumée visitait mes poumons, ma gorge bataillait avec la nicotine dans un inégal combat, puis des nuages menaçants s'échappaient de ma bouche comme ces sinistres volutes grises des noires cheminées d'usines. J'essayai d'imiter Lucky Luke mais je n'avais pas le don du *poor lonesome cow-boy* pour les figures géométriques. En fait de ronds, les miens avaient tout de fantômes déliquescents que je suivais avec des yeux exorbités jusqu'à ce qu'ils se désintègrent. Je pensai qu'un jour tout s'envolerait en fumée. Nous ne serions plus rien, Léa, les autres, moi, et sans que je puisse en saisir la signification, deux vers de Rilke caressèrent ma mémoire :

« Il venait de la lumière et allait vers une lumière
plus grande
et sa cellule était pleine d'allégresse. »

En écrasant ma cigarette, je vis l'heure à mon poignet ; le temps s'était écoulé, mon train quittait Paris dans cinq minutes. Je réglai l'addition, saluai Barbara avec tendresse, puis me dirigeai jusqu'au quai 13.

Sous le grand tableau, les voyageurs cherchaient leur train. Un vieillard mal rasé tirait avec peine son octogénaire valise à roulettes. Un jeune homme se frottait les yeux sous ses lunettes. Un couple échevelé s'embrassait à pleine bouche sous le regard concupiscent d'un adolescent. Dans ce désert ferroviaire, glauques et songeurs, les quelques matinaux bâillaient à tour de rôle. Le sommeil n'en finissait pas de les attirer vers le fond.

Et Léa qui dormait dans notre lit baigné de larmes.

Dans la douce violence de nos corps emmêlés, fébriles, ivres de plaisir, nous ondulions, la sueur sur notre peau et nos lèvres qui s'attiraient comme deux aimants passionnés, amants liés, extasiés comme deux enfants sur un toboggan infini. A ce moment béni, juste avant de jouir en un soupir de chaleur et de silence, la dolce vita de nos draps froissés fut déchirée par le vacarme du téléphone : « Vous êtes le seul au journal à parler un allemand parfait, Thomas, m'avait assené le directeur des *Nouvelles du Globe*. » Comme un cauchemar au plus tendre de la nuit, tout avait basculé. De l'extase au spleen. On me confiait l'interview exclusive d'un leader du Mouvement des occupants rénovateurs, au pays de Mozart. Ainsi chavirait notre semaine de vacances. Et Léa ! Léa qui avait encouragé mes premiers pas, Léa qui maintenant détestait ce métier tissé de séparations pour raisons événementielles. Léa et sa souffrance. Et l'autre, au bout du fil. J'assistais à un concert de fausses notes. J'avais l'impression d'être un roseau non pas pensant, mais fragile, horriblement fragile, qui se retrouvait tout secoué par une tempête imprévue. La brusque mélancolie de Léa me désespéra.

A présent, j'étais seul dans les courants d'air du hall de la gare et je pensais à Léa. Je la revoyais, au début de cette soirée qui avait pourtant bien commencé, Léa si troublante, cambrée, nue et sublime, les poings campés sur les hanches, avec ses yeux d'or qui me défiaient. Avant le coup de téléphone, avant les cris, avant les larmes. Dans notre appartement, à travers les carreaux nocturnes de ce vendredi grelottant, j'ai regardé la neige de janvier tout en maudissant cette inadvertance téléphonique. Après les cris, après les larmes, j'ai préparé mon sac. Comme je ne parvenais pas à m'endormir, j'ai brassé des idées, allumé la télévision, fait les cent pas, arrosé les plantes vertes, toujours dans l'idée de gagner du temps sur l'insomnie. Finalement, je me suis dirigé jusqu'au canapé du salon, les muscles m'ont joué un tour et j'ai fléchi les genoux avant de m'écrouler comme une masse. Au premier quart de mouton, je souris à la pensée que le sommeil avait bien raison d'insister et embrassai mon ami le marchand de sable.

Le *Mozart Express* semblait attendre que j'escalade le marchepied avant de filer sur l'Autriche. J'entendis le coup de sifflet, une voix qui répétait les formules d'usage en plusieurs langues. Les portières se refermèrent.

Tac... tac-tac... tac... il traversa lentement quelques banlieues avant de prendre sa vitesse de croisière, cap sur Vienne en 14 h 35 précises.

Tacatac, tacatac... le temps de quelques valses.

Tandis que le train berçait mon passé de reporter quinquagénaire, je pensais curieusement que j'allais, comète humaine, le long des rails de la terre vers un destin qui m'était inconnu. J'étais poète, le matin cela m'arrivait souvent. Un nouveau jour pointait qui me gonflait d'espoir. Le monde pouvait renaître ! J'étais le messager avec sa missive éclatante où se lisait en filigrane le sourire auroral d'une amoureuse de Barbara et son aigle noir.

Comme son nom l'indique, le *Mozart Express* allait plus vite que la musique. Parfois, il reprenait son souffle au bord d'un quai et je descendais me dégourdir les jambes. Puis, quand le train recommençait ses gammes, allongé sur une banquette de mon compartiment, je dormais. Tac-tac, tac-tac... Les heures passaient, le train filait, pourfendant le paysage peuplé d'arbres nus, de bêtes frileuses et de toitures enneigées. Mon corps ensommeillé flottait comme poussière dans le décor gris et blanc de l'empire d'hiver.

La fin de mon rêve fut annoncée par des pas qui résonnaient sur l'asphalte. La gare de Stuttgart bondée. Les passagers du chemin de fer ressemblaient aux abeilles retardataires qui cherchent encore leur ruche. Je descendis au cœur de cette marée humaine et marchai vers un coin déserté que je baptisai « Paradise ». Un soleil timide frottait son museau contre le ballast, et dans le ciel où migraient à tire-d'aile les oiseaux bienheureux, une kyrielle de cumulo-nimbus exécutait une ronde aux quatre coins de l'espace. Les flancs glacés du serpent métallique crachaient leur vapeur ; à travers cet écran de brume nacrée, un couple vermeil en manteau et chapeau croisa mon regard. Je regagnai mon compartiment, un sifflet retentit et le *Mozart Express* reprit son élan.

Assis, embarqué dans cette varlope qui avalait les kilomètres et semblait éclabousser la nature de minuscules copeaux de givre, je griffonnai quelque impression de transport sur un cahier à spirale. Le contact de la plume et de l'encre sur le papier eut un effet surprenant, ensemble magique et chimique sur mon esprit. Mon rêve émergea, très précis : il me revint en une série ordonnée de diapositives, comme un souvenir dont le caractère singulier vous a marqué au fer de l'inéluctable.

Une voiture de sport, bornes kilométriques, histoire du jazz, Monk, Coltrane, Davis, stéréo, *blue note,* bande blanche, crépuscule, ronronnement du moteur, cavalcade des culbuteurs, vitesse, rétrogradages, virages, à toute allure, cigarettes, essence, néons, arbres danseurs, phares jaunes, insectes éblouis, insectes suicidaires, essuie-glaces, pluie.

Comme la substitution graduelle d'une image à une autre.

Un homme dans la voiture de sport qui traverse le crépuscule. Un homme qui fume en savourant la *blue note* du piano de Monk, du saxophone de Coltrane et de la trompette de Davis. Un homme qui fait le plein d'essence dans la lueur verte des néons d'une station-service miteuse. L'homme repart, sous la pluie toujours, la vitesse fait valser les arbres qu'il longe à vive allure.

Un homme qui doit être moi. Oui ! et Léa aussi, Léa surtout.

Nous parlons, nous nous comprenons.

J'aime rouler la nuit vers nulle part, mes yeux pleins phares crèvent l'obscurité, tu es à côté de moi, lovée dans le cuir noir de la vieille anglaise. Léa, piano, cuivres ! la vie devant nous, la nuit des rêves, la nuit de la vie, les combats que nous mènerons avec détermination. On prend le temps d'aimer à la seconde où on suit ses instincts, dis-tu ! oui, rien d'autre que les instincts. On dirait que la nationale est en train de naître devant nous. Raconte-moi des désirs, Thomas. Je roule vite avec mes désirs. Ils vont vers leur risque. Souffrir du vent de face sur la mer de Barentz, regarder les fleurs qui poussent si vite avec leurs vingt-quatre heures de soleil. *Blue in Green* à la radio, Davis, Evans, Coltrane, Léa, je vous serre contre moi. Je pilote d'une seule main les larmes aux yeux, mon autre main est dans la tienne et je voudrais faire de belles choses. Juste pour les miens, juste pour les autres. Le réel est étroit mais le possible immense, merci à Lamartine. Quel désir encore ?

T'aimer plus haut, Léa. T'aimer à en pleurer, à en vivre. Et retrouver Derzou Ouzala, franchir le rideau de fer, traverser le Mexique en cabriolet, que sais-je encore ? Et peut-être, peut-être aussi, au zénith de la course des siècles, écrire une biographie de la Vie.

L'orage martèle la carrosserie. Mes désirs pour Léa ne sont plus qu'un ballon dirigeable dans le vacarme diluvien. Nous continuons pourtant. Ainsi s'échafaudent les rêves qui autorisent ces facéties de l'inconscient. Ils sont incontrôlables. J'aime la pluie, dit-elle. Je t'aime aussi, Léa. Mes pensées vont vers toi. Je suis triste si les hommes se déchirent. Nous avons perdu le sens de la vie. Je ne suis pas philosophe, je veux être un homme. C'est pareil ! c'est difficile, c'est possible. Voici la réponse. Nous allons embrasser les dix mille poètes de Grèce, tu veux bien ? Le temps est plus rapide que nous, restons à ses côtés. Si j'accélère, il nous fausse compagnie. Et nous demeurons inanimés. Si j'accélère…

A cet instant du rêve, les désirs se perdent dans la nuit. Thomas n'a plus de repères, le temps s'échappe. Plane une menace. Comme une prémonition.

Tu es trop passionné, fais attention à toi, dit-elle. Thomas ! Thomas ! n'accélère pas trop… ne lâche pas le volant… le virage, Thomas ! le virage… C'est le requiem de Davis… il n'existe pas, Léa ! ne t'en va pas… il n'existe pas ! la vieille anglaise dérape… la vieille anglaise quitte la route. Silence. La vieille anglaise est couchée sur le dos, une roue tourne dans le vide de la nuit… Je suis allongé au virage de ma mort. Je suis mort, j'ai peur. Je discerne un bouquet d'épices pendu à la branche d'un platane ensanglanté, éclairé par les étoiles. Davis, Evans, Coltrane, Léa, je ne les entends plus. Je remue les doigts, je suis mort pourtant. Tu vis encore, mon amour. Léa ! c'est sa voix, invisible. Tu n'es pas mort, mon amour. Alors quoi ? Pourquoi cette nuit sans lune, sans personne ? Je pleure, respire trop vite, mes doigts ont remué, je vis encore… je pleure… j'ai peur… fais attention à toi mon amour si passionné ! fais attention à toi… fais attention… Des pas résonnent sur l'asphalte… l'asphalte d'un quai... j'ouvre les yeux : c'est le jour, la gare de Stuttgart est bondée.

J'étais toujours assis, ahuri dans mon compartiment. Je laissai tomber mon cahier, allumai une cigarette et perdis mon regard embué dans la campagne verglacée. Eût-il été en mesure, ce cher Freud, d'interpréter mon rêve, de m'éclairer sur un bouquet d'épices accroché à la branche d'un platane ensanglanté, ou encore d'expliquer ce que pouvait bien signifier ce « virage de ma mort » puisque je demeurais en vie à la fin de ce cauchemar ? Sans doute, l'ami Freud ne se serait pas posé les mêmes questions. Enlacer Léa, respirer son parfum jusqu'à l'évanouissement, que n'aurais-je donné ? Je me sentais comme un enfant trop solitaire dans l'inattendue prison de son imaginaire. Malheureusement, je n'étais plus un enfant, je ne pouvais pas appeler mes parents et briser ce silence qui succède aux apparitions bruyantes des songes. Mais j'avais peur. Une de ces peurs qui vous laissent présager le pire, où l'angoisse sourd, inexorable, au fil du temps.

Et ce train maudit, à chaque minute, me séparait de Léa.

A l'évidence, je déraisonnais mais rien n'y faisait. Ce bouquet d'épices au « virage de ma mort » inondait mon esprit. On eût dit que mon compartiment stationnait dans une autre dimension où je ne percevais que des sons confus. Alors, un homme vint à mon secours.

Une main se posa sur mon épaule et tout mon être reprit pied dans la réalité. Le contrôleur me fit un clin d'œil. Nous étions à Vienne depuis dix minutes.

Le long du Danube boueux et puissant, attiré vers la mer par un impérieux désir de liberté, à travers l'Europe, une piste avait croisé la route de l'Ambre jaune qui s'étendait de la Baltique à l'Italie. Au carrefour de ces chemins millénaires, l'Autriche avait préparé sa naissance. Et Vienne. Il y eut les ravages d'impitoyables guerres. Enfin, Soliman le Magnifique, Bonaparte et les autres étaient partis. Dehors les envahisseurs ! Ce n'était plus qu'une histoire dans l'Histoire...

Cette nuit, Vienne m'accueillait dans sa nacelle baroque, légendaire paonne au maquillage d'opéra, capitale et reine des valses. Vienne de symphonies et de lieder. Mozart, Brahms, Mahler et les Strauss. Magique, intrigante, hors du temps, Vienne hospitalière et ses vins d'allégresse. Vienne neutre, Vienne internationale. Cette nuit donc, je foulai le sol de l'Empire des plaisirs. Loin de l'écho dramatique du crime de Mayerling, un 30 janvier d'il y a quelque cent ans, dans une forêt d'abbayes.

Chez Hannes, accordéons et chansons campagnardes berçaient les consommateurs, tandis que le patron surveillait les serveuses bien en chair qui louvoyaient entre des tables de mains baladeuses. Dans cette taverne, au cœur de Vienne la Fatale, je dégustai du canard rôti arrosé de Heuriger, vin nouveau qui se laissait boire jusqu'à l'ivresse. Assis sur un banc de bois, j'attendais Franz Kurier. Une heure plus tôt, au téléphone, nous étions convenus d'un rendez-vous dans cette guinguette. Souffle court, voix grave empreinte d'anxiété, Franz Kurier m'avait donné l'impression d'être aux abois. L'heure approchait et je décidai de le guetter dans la rue.

Je prenais l'air dans le froid piquant de l'hiver. La buée recouvrait les vitres de chez Hannes. Je sifflotai *Stormy Weather* en observant les quelques passants gelés qui regagnaient leur domicile. Bien au chaud. Soudainement, j'entendis le tic-tac rapide de talons sur la chaussée, longues foulées essoufflées sur les pavés de l'obscurité. Dans le halo d'un réverbère, un géant hors d'haleine m'apparut.

Deux mètres de muscles, cent kilos de viande à 37°, visage rougi par les intempéries, enveloppé dans un pardessus noir, c'était Franz Kurier. Me remarquant, il stoppa sa course, me dévisagea.

— Thomas Morris, annonçai-je d'un ton rassurant.

— Suivez-moi, je vous en prie !

Nous courûmes à travers Vienne. Longtemps. J'avais peine à le suivre, étant moins sportif que lui. Cela me paraissait insensé de talonner un géant fou dans les rues sombres d'une ville inconnue. Un géant fou et pas très loquace qui choisissait une bien curieuse façon de me faire visiter les lieux. Où allions-nous ? Vers nulle part. J'aurais pu mettre fin à cette équipée grotesque : Eh Franz ! je ne joue plus. Au contraire, malgré un méchant point de côté, j'accélérai mon rythme pour ne pas être distancé. Franz

Kurier ne se retournait jamais, comme s'il eût deviné que mon instinct de reporter m'entraînerait jusqu'au terminus. Décidément, un homme si pressé ne devait pas avoir une conscience tout à fait tranquille : il galopait, caracolait, dévalait, détalait et sprintait.

Au détour d'une allée, nous débouchâmes sur un large portail qu'il fallut escalader. Je n'en pouvais plus. Nous nous trouvions dans une sorte de Luna Park. Franz pointa son index sur la grande roue. Le doigt large et puissant d'une main noueuse. Franz avait un cou de taureau, un visage carré au nez de boxeur et des lèvres pincées qui s'entrouvraient pour aspirer l'air et découvraient l'ivoire de dents carnassières. Petits yeux rapprochés, jungle de sourcils, regard dur, triste, sombre, affolé. Et quelques rides sinueuses qui trahissaient une existence compliquée.

Arrivés à la grande roue, nous nous assîmes derrière la cabine de commande du manège. Encore exténué, je tournai la tête vers le géant de Vienne. Un homme aux abois ! à présent, j'en avais la certitude. Son regard ayant dépassé la plus haute nacelle de la grande roue, il scrutait l'espace. Comme attristé par la nouvelle lune qui dormait entre nous et le soleil, Franz perdait sa détresse dans la marée lumineuse des étoiles. Et si un astre, un seul astre dans la Galaxie possédait une once de mansuétude pour m'accorder la rédemption, semblait-il prier. Qui pouvait l'entendre ? Corps céleste enflammé par l'astre des astres, la lune et le soleil filaient le parfait amour.

La rédemption ? Cette pensée m'était venue comme ça. Franz demeurait silencieux mais, dans ses yeux gris, j'avais lu cette douleur qui vous fait penser qu'un homme donnerait bien volontiers toute sa fortune en retournant dans le passé afin de corriger quelques fausses notes sur la partition des souvenirs. Ayant suivi Franz sans trop m'interroger, j'étais bien capable à présent de ne pas m'étonner d'être assis aux côtés d'un inconnu, à Vienne, dans la nuit d'un Luna Park. J'étais bien capable d'aller jusqu'au bout. D'ailleurs, déjà je ne pensais plus à moi mais à nous, comme deux naufragés sur un radeau. Et ce sentiment me dérangeait à peine. A son appel j'avais répondu présent, le reste ne s'expliquait pas. A un autre moment, dans un autre pays, peut-être n'aurais-je pas joué le jeu de Franz Kurier ? J'aurais sans doute exigé des précisions quant aux raisons de son attitude mystérieuse. A un autre moment, dans un autre pays, dans une autre histoire...

Et voilà que je traçais comme l'esquisse d'une aventure dont je ne connaissais pas plus les protagonistes que le dénouement. Sous l'invisible lune ! chère lune qui ne nous offrait qu'une face obscure, putain de lune qui flirtait avec le soleil, chère putain de lune qui donnait à ce petit bout de terre où nous reposions le rôle de l'amant éconduit. Tout cela me rappelait un monologue fataliste de privé solitaire déambulant sous la pluie d'un boulevard crépusculaire. Avec Johnnie Walker, son plus fidèle ami. Seulement, moi je n'avais rien à boire ! Ainsi point de salut, songeai-je, impasse des secrets, quai de l'incertitude, Franz et moi étions seuls face au trou noir de l'inconnu.

Je pensai à noter ces réflexions dans mon carnet à spirale en vue du roman dont je rêvais depuis mes vingt ans, puis j'esquissai un sourire désabusé ; certes, le ton de mes pensées revêtait des allures théâtrales. Et Franz se tourna vers moi.

— Thomas Morris !
— Oui ?
— J'ai tué un homme.

Je sursautai et la nuit me parut soudain plus noire. Cet aveu spontané me donna la chair de poule. A mon tour, j'eus le réflexe de tendre vers les étoiles, d'effacer les mots qui venaient d'éteindre le silence du Luna Park. Franz essaya d'avaler de l'air, des larmes scintillaient sur ses joues. Un criminel ? Cet homme assis près de moi ! Je n'osai y croire. J'avais dû mal entendre ou alors c'était le vent du soir qui soufflait ses fantasmes. Un criminel ! lui qui devait m'entretenir de son combat pacifiste, afin d'obtenir la vacation d'immeubles désaffectés et témoigner de l'urgence de procurer un logement aux démunis, cet homme donc avait fait couler le sang. Pour la première fois de ma vie, j'étais confronté à une situation que mon imagination n'avait pas prévue. Le crime n'était pas ma tasse de thé, j'avais navigué dans la politique, l'économie et les spectacles, j'avais même eu ma période de grands procès, mais jamais je n'avais rencontré d'assassin. J'étais un reporter de salon, étranger à la jungle et aux bas-fonds, je n'étais pas l'aventurier qu'on imagine. Pour la première fois, je sentais à quelques centimètres le souffle d'un assassin. Et je ne savais pas comment réagir, j'avais pitié, j'avais peur. Désemparé, je l'interrogeai du regard. Alors, balayant mon incrédulité, il répéta :

— J'ai tué un homme.

Son regard désespéré et les larmes qui glissaient sur son visage achevèrent de me faire croire que j'avais des hallucinations. Il était trop tard, sans le savoir cet homme m'avait fait prisonnier de sa peur. Il m'avait entraîné dans sa fuite, je n'avais plus le pouvoir d'ignorer comme je l'aurais probablement fait si on m'eût prédit que je rencontrerais un assassin. Et nous demeurions prostrés dans ce Luna Park, sous les nacelles de la grande roue qui tout le jour balançait les enfants amoureux d'altitude, et qui s'abandonnait à cette heure dans l'oubli de la nuit et le brasillement des étoiles.

— Que s'est-il passé ? demandai-je.

Les larmes glissaient sur son visage, il ne répondit pas. Il était seul contre les ombres de la nuit avec pour toute arme l'espoir. L'espoir ! si infime quelquefois dans le désordre des désirs maladroits. Si infime ce soir, si infime comparé à la mort. Si infime qu'il ne restait plus qu'à s'en remettre au verdict des étoiles, silencieuses étoiles, sourdes étoiles, fidèles à la seule idylle de la lune et du soleil. Cependant, comme tout être doué d'espérance, Franz tentait d'effacer ce geste fatal qui l'avait éclaboussé de sang. Ses bras se levaient, décrivaient un cercle dans l'air, puis retombaient sur ses cuisses. Il se débattait dans sa toile d'araignée comme s'il eût voulu saisir à bras-le-corps un fantôme qui l'empêchait de respirer. Je posai une main sur son épaule et répétai sans trop trahir mon angoisse grandissante :

— Franz ! que s'est-il passé ?

— Je l'ai tué, je ne voulais pas, dit-il. C'est arrivé si vite. J'ai toujours été contre la violence. Il s'est approché, je voulais lui parler, il m'a giflé, je ne...

— Vous l'avez tué pour ça ? coupai-je.

Franz se tourna vers moi en essuyant ses larmes du revers de la main.

— Non, bien sûr que non, reprit-il avec difficulté. Je lui ai expliqué qu'on n'obtenait rien de cette manière.

— Alors ?

— Alors, il m'a traité de salaud et il a disparu.

— Mais qui était-ce ?

Désormais je voulais tout savoir. J'avais bien le droit de comprendre. Je commençais à deviner dans quel guêpier je m'étais fourré en acceptant de suivre cet inconnu dans la nuit ; à dire vrai, inexorable, l'inquiétude me rongeait et mon interrogatoire méthodique masquait à peine le sentiment d'insécurité qui naissait en moi malgré la sincérité du regard de Franz. Je me surpris à penser que, par la force des choses, je jouais le rôle involontaire de confesseur, rôle tout à fait paradoxal étant donné que je n'étais pas certain de savoir pardonner ce qui me faisait horreur. En ajoutant à cela que je devenais un complice et que Franz pourrait bien finir par regretter de tels aveux, ma situation n'était pas des plus confortables. Pour l'heure, rien ne servait de se torturer les méninges car je n'avais plus d'alternative. Et le désarroi flagrant de Franz força les barrières de ma méfiance. De ma voix la plus douce, je redemandai :

— Qui était-ce ?

Franz éprouvait de la difficulté à recouvrer ses idées. J'imaginai les heures précédentes : une détonation, du sang, la mort. Et maintenant l'écho obsédant de ce coup de feu, les mots apeurés, terrorisés, percutés, étouffés, évanouis, gisant dans le charnier de ses esprits. J'imaginai la guerre, la catastrophe, la panique dans les hémisphères du crâne de Franz. Et je posai ma main sur son genou en guise de piètre réconfort.

— C'était le propriétaire des murs que nous occupions. Il désirait transformer l'immeuble en parking à étages. Les automobiles avaient plus d'importance à ses yeux que le sort des réfugiés. Sa propriété, son droit, disait-il. Avec ses huissiers, il me menaçait et hurlait que je violais la loi, il ne voulait rien entendre, il n'y avait plus que son opération immobilière. Je l'ai prié de nous accorder un peu de temps.

— Et alors ?

— Nous ne trouvions pas de compromis, aucun élément n'intervenait en notre faveur, il ne nous accordait rien, rien qu'une nuit pour quitter les lieux. Rien ! en plein d'hiver, plus rien, toutes ces familles devaient retrouver la rue. Rien ! et maintenant j'ai peur, je suis un monstre, foutu... pire que la peste... assassin. J'ai peur, si vous saviez !

Franz avait peur. J'avais peur. Et l'obscurité qui nous encerclait paraissait tissée de peur. Le monde entier paralysé, glacé lui aussi par la peur. Elle rôdait, çà et là, dans les nacelles de la grande roue, au-dessus de nos têtes, dans notre dos, à la gorge, écrasant notre poitrine. Vienne, quatre heures du matin, deux hommes transis, horrifiés par les grimaces de l'ombre soudain écarlate, et le froid, si froid. La peur et la mort. Faire quelque chose ! A tout prix, bouger, respirer, un geste. Ne pas s'engourdir, crier, se mouvoir. Quelque chose ! Bâillonner la peur, brûler la mort. Quelque chose : une cigarette, une allumette, la craquer sur le grattoir, odeur de soufre.

Nous aspirâmes une bouffée. Nous vivions ; un métronome battait la mesure dans le parfum du tabac. Et notre corps, réchauffé, rescapé du délire. Secondes, minutes, les aiguilles du temps reprirent leurs sens.

— Racontez-moi tout, dis-je.

Franz ramassa un gravier qu'il lança vers les étoiles. Il se sentait si perdu qu'il eût accordé sa confiance à n'importe qui : à un homme, à un rocher, à un arbre, à la terre ou au vent. Il ne désirait pas tant fuir qu'être compris. Quant à moi, malgré ma condamnation systématique de la violence, je m'efforçais de le rassurer. Et puis, au milieu de cette hostile solitude, nous avions besoin l'un de l'autre, comme si les silences de la nuit pouvaient parfois rapprocher les hommes sans a priori. Je posai encore ma main sur son genou.

— Ni vous ni moi ne pouvons reculer, ajoutai-je.

Avec ses yeux qui brillaient comme ceux d'un chat, Franz m'observa en prenant une longue inspiration. Il hocha la tête.

— Le lendemain, l'homme est revenu...

J'écoutais Franz, je tremblais de froid et de peur en pensant au fil ténu de la vie, à cette plaque de mort où l'on pouvait glisser au détour d'un virage. Je revoyais le bouquet d'épices accroché à la branche d'un platane ensanglanté. Cette image de mon cauchemar du *Mozart Express.*

J'imaginais le retour de l'homme. Avec l'enfer dans ses bagages, le feu au creux des paumes, et tout un commando en cagoules et matraques. Dans l'antichambre du diable, du drame, la panique qui s'était emparée de lui. La panique en entendant gueuler les hommes devenus loups, la panique devant la folie dévastatrice. J'entendais les cris des hommes. Je savais qu'il disait la vérité. Le sablier de la nuit écoulait ses heures avec lenteur, j'avais toujours peur, j'imaginais, pour me réchauffer, atténuer l'oppression et rétrécir cette distance qui me séparait de Franz Kurier.

Je pensais que ce genre d'histoires n'arrive pas qu'aux autres, je me laissais embarquer. Je n'étais plus tout à fait moi-même et j'aurais pu croire au récit de baleines chantant *Singing in the Rain* et dansant le long des côtes méditerranéennes. J'écoutais, malheureusement, un récit beaucoup moins gai, beaucoup plus vrai. Et j'entrais pas à pas au cœur du drame de Franz Kurier afin d'ignorer le froid et la peur qui régnaient dans le Luna Park de Vienne.

Comment auriez-vous réagi ?

Qu'auriez-vous pensé à ma place ? Vous êtes en Autriche, dans un Luna Park à quatre heures du matin et rien que le silence glacial alentour. Vous êtes assis près d'un homme qui vient de vous avouer qu'il a tué. Vous comprendrez ce que je pouvais ressentir.

Cette histoire d'apparence anodine changea mon cœur de côté, parce qu'elle était racontée par un homme que je ne pouvais m'empêcher de croire. Il se débattait dans les mailles du hasard, et j'étais bouleversé de découvrir les douleurs qui, quelques heures auparavant, venaient d'accabler Franz et ses protégés.

La milice impitoyable détruisait et frappait tout ce qui bougeait sur son passage. Le carnage ! cris, coups sourds des matraques sur les corps, insultes ordurières, humiliations. Pour la plupart, femmes et enfants sans défense, et puis hommes désarmés, pacifistes comme lui, convaincus qu'on n'obtient rien par la force. Rien de vrai. Un carnage comme seuls les hommes en sont capables, à coups de pied, coups de matraque encore, coups de tête sans esprit, encore et toujours et partout, chaises renversées, tables cassées, carreaux brisés, murs bombés à la peinture rouge et noire, rouge sang des victimes, colère noire des enragés.

Trois mois plus tôt, des lettres et des appels téléphoniques anonymes l'avaient inquiété. Après ces menaces d'attentat, son bureau d'accueil aux sans-abri fut plastiqué. La police de Vienne lui avait alors délivré un permis de port d'arme. Pour lui, ce fut symbolique, rien de plus. Un pistolet ! remède psychologique puisqu'il ne savait pas tirer et détestait les armes. Une sainte horreur, vraiment. Malgré cela, cette carapace illusoire eut l'avantage de rassurer sa famille.

Les semaines se succédèrent dans le calme.

Trois mois après l'attentat, en quelques minutes, le voilà dans l'immeuble des réfugiés devenu le théâtre de sauvageries indescriptibles. Il est étreint par une insidieuse sensation de drame imminent, assailli d'images morbides, pris dans un étau ; il comprend que ces femmes, ces enfants, tous risquent de ne pas en réchapper.

On n'est plus soi-même confronté à la violence des hommes. Si difficile alors de considérer les choses avec clairvoyance quand le monde perd de sa clarté et s'agite autour de vous en un débordement de haine.

Franz n'est plus lui-même face à la tragédie qui se joue devant ses yeux. J'écoute, je ne suis plus moi-même, je deviens Franz.

A présent le commando menace de mettre le feu, je vois les flammes, flammes bleues, flammes rouges, fumée noire des meubles qui brûlent et torches humaines qui se cognent en hurlant avant de tomber à terre, les corps calcinés, la femme violée et défenestrée, je me bouche les oreilles, ferme les yeux, j'entends les cris et je vois l'horreur, j'ai mal, mal, mal, je ne peux pas les laisser continuer. Et je pleure derrière une haie de flammes à cause de la fumée qui pique les yeux, à cause de la fumée qui m'étouffe, à cause de tout. Et je hurle. Je tremble, je frémis, je tremble et je frémis à la pensée du pistolet rangé dans le tiroir du bureau. J'ai mal, j'ai peur, je ne peux plus assister impuissant au déroulement de la ratonnade. Je tremble, je frémis, j'ai peur, je disparais.

Un coup de feu éclate, résonne : debout sur une table, je hurle, je me tais, je toise les membres du commando, lesquels, surpris, se sont brusquement retournés. Dans le silence presque revenu, on n'entend plus que des gémissements et le sifflement du bois qui se consume, les hommes qui se traînent sur le sol et les femmes en pleurs qui serrent bien fort contre elles leur progéniture. J'essaye de parler, ça ne vient pas ; après le raffut, ce silence inattendu semble insupportable. Je n'arrive pas à parler. Et je devine la silhouette qui sort de l'ombre. La silhouette se rapproche du commando, le propriétaire me montre du doigt, j'entends sa voix qui ordonne de me désarmer sur-le-champ. Pauvre moi qui tremble, et cette fine exsudation qui perle sur ma peau, gouttes de sueur, gouttes de peur ; pauvre Parkinson, juché sur une table qui craque et gémit sous son poids, menaçant avec son pistolet la douzaine de costauds qui plaisantent en s'approchant.

Après ? Que s'est-il passé ?

Après, je m'en souviens.

Je saute à bas, recule afin de ne pas me laisser prendre à revers, jusqu'à me coller contre le mur où il me semble entendre l'écho précipité des battements de mon pouls, je pointe mon arme sur le groupe. Les hommes font claquer leur langue, avancent progressivement tandis que le patron les excite en leur promettant une solide récompense.

Cet instant où tout paraît vain. Que faire ? Que fallait-il faire ?

L'arme braquée sur eux ne les inquiète pas, l'argent est là qui leur fait oublier que la mort les observe à travers le canon d'un pistolet. Le propriétaire hurle le dernier avertissement, l'espace d'un centième de seconde, tympans vrillés par ce cri strident, je laisse retomber mon bras, relâche mon attention. Je ne sais plus où je suis, la fumée me brûle les yeux, je suis en danger, je sens son odeur et je reçois aussitôt un coup de matraque. Je suis Franz, j'ai mal à en pleurer, l'eau monte à mes yeux, ma vue se brouille, je pousse un cri de douleur et tire en l'air une nouvelle fois.

Après ? Je n'imagine plus, je ne veux plus, je comprends.

Je ne veux plus être Franz.

J'écoute, je comprends, c'est tout.

Franz avait poussé un cri de douleur et tiré en l'air une nouvelle fois. Une volée de coups l'avait alors plié en deux, une main ferme avait tenté de le désarmer. En quelques secondes qui lui parurent interminables et où il revit les moments forts de son existence, il s'était mis à pleuvoir des pieds et des mains sur Franz. Au cours de ces interminables secondes, il avait résisté. Jusqu'à ce direct en pleine face, jusqu'au coup de grâce : aveuglé, il avait hurlé de rage, chancelé et pressé la détente avant de s'évanouir.

— Quand je suis revenu à moi, il n'y avait plus personne. Je me suis massé le visage, j'avais si mal ! Tenez, touchez cette bosse au-dessus du front.

Je faillis porter la main à ma tête, je me sentais encore un peu dans sa peau.

— Un sacré coup, en effet, Franz ! dis-je avec une drôle de voix.

— J'ai dû rester dans le cirage pendant cinq minutes, il n'y avait plus personne, le vrai désert. J'avais comme des bourdonnements dans les oreilles, je voyais encore trouble.

— Et le propriétaire ?

— Je me suis relevé, il faisait sombre, j'ai trébuché...

— C'était lui !

— Couché dans le sang, une balle en plein cœur.

A ces mots, la voix de Franz s'était cassée. Et dans ma tête, les pensées s'affolaient les unes les autres. Dans ce Luna Park, chaque geste, chaque mot prenait une autre dimension. Et c'était bien moi, Thomas Morris, assis à côté d'un homme qui avait peut-être encore sur lui l'arme du crime commis quelques heures plus tôt dans la banlieue de Vienne.

Ce n'était plus une dépêche sur un téléscripteur ou un fait divers dans une colonne de journal, c'était un homme près de moi, à quelques centimètres, j'entendais son souffle, j'écoutais ses larmes, un homme que le destin avait giflé en le rendant assassin.

Cette nuit-là, le temps s'était arrêté sur nous.

Franz découvre le cadavre du propriétaire.

J'écoute Franz.

Une balle en plein cœur, le propriétaire baignait dans une mare de sang. Franz Kurier s'était agenouillé en levant les bras au ciel, cogné la tête sur le dallage et noyé dans un fleuve de phrases incohérentes. Ses larmes s'adressaient à un dieu qui ne pouvait plus rien, dieu fatigué, dieu sourd, comme les étoiles du Luna Park, comme cette nuit d'hiver à Vienne où personne n'entendait personne. Comme fou, avec cette brûlure qui lui tordait les boyaux, plus seul que jamais dans cet immeuble glacial avec une mort qu'il n'acceptait pas, Franz avait eu envie de vomir.

— Je ne me rendais pas compte, j'ai prié pour que le temps continue, je ne voulais pas qu'il s'arrête sur cet homme mort parce que je l'avais tué. Thomas ! je voudrais revenir dans le temps, éviter cet éclair de seconde...

Il éclata en sanglots, me fixa un instant comme s'il eût voulu investir mon esprit, devenir autre et ne plus bouger, puis il leva la tête vers les étoiles. Je ne trouvais pas les mots justes pour apaiser sa détresse. Sans cesser de fixer les étoiles, il chuchota :

— J'ai entendu des sirènes de police, j'ai pris le pistolet, j'ai couru. Après vous savez !

Franz fut parcouru d'un frisson. Il semblait puiser ses dernières forces, celles du désespoir après les illusions perdues, résister à l'envie de s'élancer de nacelle en nacelle jusqu'au sommet de la grande roue et, de là, se jeter dans le vide ; j'imaginai une longue chute, le vol de la dernière chance, avant que son corps n'explose comme une météorite et qu'il n'oublie.

— Je n'arrive pas à y croire, dit-il.

— Je sais, Franz.

J'essayais moi-même de ne pas y croire. J'étais bien là pourtant, et Franz aussi.

— C'était un accident, dit-il.

Je ne trouvais toujours pas les mots justes, j'avais simplement laissé ma main reposer sur son genou. Il retourna en silence et en larmes vers ses étoiles. Il semblait abandonné, tellement abandonné que j'eus l'impression qu'il ne sentait pas le froid glacial qui nous enveloppait. J'étais abasourdi.

Abasourdi et malheureux. Je me sentais comme le spectateur d'un film qui passe trop vite : les plans se chevauchaient, les répliques s'embrouillaient. A travers le désordre de ces associations de mots, un raisonnement se faisait-il jour ? Comment savoir ? J'avais peur de la mort, je détestais la mort. Confronté à ce pathétique fait divers, j'arpentai les méandres du destin. Abasourdi, malheureux. Homicide involontaire ou légitime défense ? Peu importe ! Franz était passé dans l'autre monde. Celui des anges déchus ; et le paradis terrestre s'effondrait sous le poids de l'inattendu : décombres de sentiments, tremblement de corps, séisme au cœur, secousse jaillie de l'épicentre, des tripes. En un mouvement orogénique, les réflexes avaient dépassé l'entendement de Franz, et créé une brèche irrémédiable dans l'écorce de sa conscience.

La vie comme elle va, un rien suffit : baromètre en baisse, boule de neige, avalanche, disjonction, chute dans les rapides de la méprise, plus rien à faire. Franz sur un cheval fougueux, et la ruade qui désarçonne. S.O.S... impossible faire machine arrière, collision inévitable. Dans son roman de paix et de liberté, Franz n'incarnait plus de personnage.

A cette loterie humaine où Franz avait tiré un numéro, la roue tourna, stoppa, mauvais lot : VAINCU ! Paix et liberté, loin des yeux, loin des mains. Pas de suite possible, essai manqué dans l'effort de la vie, pile ou face, poker et roulette russe, touché ! sans retour, sans issue, sans repasser par la case départ, affronter les foudres du juge, à moins que d'autres foudres dans leur robe d'éloquence n'embobinent le jury d'atténuantes circonstances. Rien de moins sûr, comme rien ne s'atténue tout à fait lorsque le coup de théâtre est une histoire de sang ; on a beau expliquer le crime qui n'en est pas un, le résultat crève les yeux de la loi : médecin légiste, constat de mort. A cette heure, assommé par le bâton de justice, le libre arbitre de Franz Kurier dormait déjà derrière les barreaux.

En mon for intérieur, je ne pardonnais pas à Franz d'être allé chercher une arme et désapprouvais la folie de ce geste sans lequel tout eût pu être évité. Je le condamnais d'avoir cru qu'il serait le plus fort avec son pistolet — je me condamnais d'y avoir cru moi-même ; à mains nues, ne cessais-je de me répéter, Franz n'aurait tué personne car on est, a priori, beaucoup moins dangereux sans arme. Sans pour autant respecter la niaiserie de certains ordres des Saintes Écritures, comme le fait de tendre l'autre joue lorsqu'on vous a frappé, je me serais défendu ou bien j'aurais fui, je ne sais pas, mais jamais, non jamais je n'aurais pu ou voulu tuer un homme. Cette pensée me rassura : la mort n'était pas une solution ; on pouvait l'éloigner, la refuser, et la seule que nous devions accepter un jour ou l'autre, même si l'idée manquait de me réjouir, c'était bien la nôtre, par vieillesse, par maladie, par accident, par désespoir.

Épuisé, Franz avait abandonné les étoiles en plongeant dans un sommeil brutal et profond comme le coma.

Je n'osai le réveiller et pensai qu'il avait bien mérité ce sursis avant de se retrouver ad vitam æternam dans la peau d'un assassin. En le voyant ainsi, comprenant que seul le sommeil pourrait désormais lui offrir une dimension de liberté au fil des rêves, je n'eus pas la force de partir. J'étais torturé à l'idée qu'un éclair de seconde pouvait changer notre vie. Je pensais à Franz dans l'immeuble des réfugiés, au spectacle du massacre de ses protégés. Il était resté. Et demeurer au centre du drame, c'était déjà risquer d'être tué, c'était s'exposer à des milliers d'éclairs de seconde. Un accès de désespoir avait poussé Franz au sacrifice. J'avais eu beau me rassurer, je n'étais pas satisfait. A présent, je me sentais partagé, j'avais peur de moi. D'un côté, il y avait la morale, les principes auxquels j'obéissais, de l'autre, les éclairs de seconde. Une question me travaillait : que pouvait Franz contre cela ? Et je décidai de le veiller, me sentant dans le même temps l'âme d'un avocat.

Avocat du diable, de ceux qui ont l'inconscience et le courage de se battre contre les bien-pensants, ne craignant pas de s'étouffer dans une cause perdue. Je me sentais comme ces juristes qui forçaient mon admiration, avec ce feu qui les dévorait, ce doute aussi, cette blessure qui les poussait à découvrir les motivations de leur client : pourquoi et comment en arriver à de telles extrémités ? Il y a longtemps, à Cuba, je fis la connaissance de l'un d'entre eux ; Haraldo Lazalma ! son nom évoquait la lumière blanche d'un pays de soleil. Haraldo Lazalma consacrait de nombreuses heures à vivre dans la cellule des condamnés afin de sonder au mieux les labyrinthes de la pensée. Qu'était devenu Haraldo, l'homme qui parlait si justement de cette fêlure cachée en chacun de nous ? Je veillais Franz et souhaitais qu'il rencontrât pareil avocat.

La compassion, la sympathie, ou peut-être le désir d'oublier le froid qui persistait, je ne sais pas au juste mais je m'imaginai défendant Franz Kurier.

A l'évidence, il n'était pas de ces criminels qui vous font froid dans le dos rien qu'à croiser leur regard : Franz n'avait rien prémédité.

Au tribunal, de l'avis des citoyens viennois, le mort serait un honnête mort dont on ne pourrait mettre en doute la bonne foi posthume ; d'ailleurs, des témoins se presseraient à la barre et témoigneraient de l'intégrité de feu M. le Président du syndicat des propriétaires. Et pourtant ! les raisons de l'accusé apparaissaient plus que défendables : un geste accidentel résultant de l'agressivité des sbires du propriétaire, ce que d'aucuns nomment « légitime défense ». Dans ma plaidoierie, je manquais sans doute d'impartialité. N'importe, je n'étais après tout qu'un vulgaire avocat du diable, et si l'affaire semblait certes délicate je répondis affirmativement à la question d'un invisible juge : « Franz a dit la vérité, rien que la vérité, je le jure ! »

M'estimant capable de condamner toute violence, physique ou morale, et m'astreignant à la plus grande rigueur quant au respect d'un tel précepte, il n'en demeurait pas moins vrai qu'il était de mon devoir de comprendre avant de juger. En l'occurrence, pouvait-on accuser Franz d'une quelconque violence ? N'avait-il pas provoqué cette mort par inadvertance, c'est-à-dire sans intention de la donner ? Le dénouement sordide de cette querelle de clocher n'était-il pas le fait d'une animosité à sens unique ? C'est à ces questions que nous devions répondre. Et je ne voulais pas qu'on oublie les blessés et les morts dans l'autre camp, celui des indésirables, je ne voulais pas qu'on les ignore même s'il n'y avait personne pour les défendre. Je m'enflammais, repensant aux malheureux livrés au feu et songeant à la détresse de Franz, je demandais un peu de sollicitude aux jurés. J'implorais, je m'enflammais, je m'emportais dans ma plaidoierie imaginaire.

Au bord de la nuit qui s'éteignait lentement, je ne pus effacer de mon esprit cette théorie d'un juste retour des choses, comme la vérification du vieil adage : « Qui sème la terreur récolte la violence. »

J'avais écouté Franz, j'avais imaginé, j'étais entré dans sa peau, à présent je veillais sur son sommeil. Une nuit plus tôt, j'errais dans mon appartement, à quelques mètres du chagrin de Léa. Comprenez-moi ! j'étais bouleversé. Bien sûr, cette histoire s'égarerait parmi les centaines de faits divers quotidiens, il y en aurait de plus dramatiques, de plus sanglants, de plus émouvants, des assassinats de diplomates, des enlèvements d'enfants, des prises d'otages et des meurtres à la tronçonneuse ; bien sûr, l'actualité occuperait la une des journaux du monde entier et personne n'aurait vent de l'histoire de Franz, mais c'était différent pour moi. Comprenez ! je venais de vivre une nuit avec Franz Kurier, j'avais revécu en pensée son cauchemar, seconde par seconde, ce n'était plus de l'encre sur du papier, je l'avais assisté la nuit durant, je ne pouvais plus l'oublier comme on oublie l'interview d'une personnalité, la critique d'un film ou le compte rendu d'une partie de tennis. Cet homme, assassin par accident. J'avais eu la nuit pour toucher du doigt cette réalité :

cela aurait pu m'arriver. Et je ne cessais de penser qu'il suffisait d'un instant pour être ébloui.

Les étoiles s'effaçaient précieusement comme enlevées par des effluves d'aurore. Nous étions près du jour. Les ténèbres s'évaporaient vers la pointe de l'aube. A l'est, je devinai les premières colorations vermillon du pinceau solaire. Dans le froid de l'hiver, le jour prenait la relève.

Sous la grande roue, dans le ballet feutré des lueurs écarlates, Franz dormait encore. D'ici peu le Luna Park vivrait à l'heure des enfants : tournez manèges et que la fête commence ! Mieux valait ne pas s'éterniser. Et je réveillai Franz.

Quand il ouvrit les yeux, Franz dut se dire : « hier, j'ai tué un homme », et il se prit la tête entre les bras. L'air ensommeillé, il se frotta les yeux, se réchauffa en se frictionnant, alluma une cigarette et exhala la fumée en contemplant le désert qui le surveillait. Triste soupçon de sourire aux lèvres, il posa une main sur mon épaule et la serra très fort avant de se lever. Une amie, me dit-il, vivait dans un studio à quelques rues de là.

Je ne me doutais pas que le voyage n'en était qu'à ses balbutiements. La partition de mon apprentissage devait s'écrire.

Le journal s'étalait sur la table de la cuisine. A la une, les gros titres se disputaient l'actualité. On citait le Président du syndicat des propriétaires. Tout frais sorti du marbre, il s'affichait en caractères gras, crime imprimé sur quotidien national : pendant la ronde de nuit, la police avait découvert le corps de la victime. Une balle de Smith & Wesson l'aurait tué sur le coup. Un certain Franz Kurier, fondateur du Mouvement des occupants rénovateurs et connu pour ses rapports conflictuels avec le propriétaire immobilier, faisait l'objet d'une poursuite judiciaire. Je ne pus m'empêcher de songer à une chasse à courre.

Stefania se tenait la tête entre les bras. Sa chevelure vénitienne tombait en cascade comme un torrent dans le chagrin de son souffle coupé. La surprise l'avait fauchée, recroquevillée sur elle-même dans une émotion viscérale. Stefania qui avait traversé sa jeunesse avec Franz, Stefania petite sœur, confidente et tendre amie, chère adorable, de toujours, à jamais. Et ce « jamais », Stefania le rencontrait dans son habit de morgue. Elle serrait Franz dans ses bras, pieuvre blessée avec le désespoir de ses sanglots entrecoupés de hoquets. Ce matin-là, pour la première fois de sa vie, Stefania embrassait la mort, avec aux lèvres comme un goût de sang coagulé, et dans son âme le poids inhumain d'une enclume infortunée. Elle se cognait aux parois de l'adversité, se pelotonnait dans la chaleur qui émanait du corps de Franz, comme si elle eût désiré y trouver la paix : derrière l'injuste sort, s'étalait peut-être une oasis aux sensations touffues, quelque part, dans le petit Sahara de l'âme où naissent parfois de si douces musiques ; si belles qu'elles sont un mirage que l'on peut enfin caresser — Stefania composait cette partition dans la chaleur qui émanait du corps de Franz. Peut-être ! se disait-elle. Si par hasard elle se détachait de cette étreinte, alors tombait le voile, ombre profilée, masquant l'horizon de l'inespéré printemps : calendrier des années de cachot, quatre murs qui se resserreraient au fil des jours, atrophiant les muscles, et libéreraient, plus tard, longtemps après, un homme au dos voûté, titubant, les yeux aveuglés de soleil. Tout allait si vite que Stefania embrassait l'avenir en quelques pensées. Puis elle se blottissait plus profondément encore dans la chaleur de Franz, alors elle pouvait deviner sa pensée. Il se disait qu'il serait toujours hanté par la culpabilité, qu'il ne serait plus jamais le même homme ; il se détestait, ne croyait plus en rien. Ainsi, Stefania devina que Franz n'était plus Franz. Et en pleurant, en oubliant, elle se blottit à nouveau contre lui.

En les voyant tous deux, si proches et éloignés, je devinai leurs sentiments qui s'affrontaient, les songes et l'espoir de Stefania, les incertitudes et le découragement de Franz. Ils n'avaient prononcé mot mais, dans leur silence troublé de larmes, je touchai cette fragilité, seule au milieu de la tendresse qui les réunissait. C'était une valse fiévreuse où manquait ce troisième temps qui transporte de félicité. Franz et Stefania tournaient, tournaient. Dans leur valse tronquée, ils ne se déplaçaient pas, n'avançaient plus.

Le manque de sommeil, le froid du Luna Park avaient endolori mon corps. Mes gestes étaient lents, chaque mouvement de paupières me paraissait un effort insurmontable et j'avais la nausée. J'avais envie d'un café. Je n'osai les déranger. Je voulais revoir Paris, retrouver Léa et ses éclats de vivre, oublier ! oublier et chérir ce bonheur d'exister sans autres soucis que ceux de tous les jours. La fatigue m'intimait l'ordre de fuir ; je me sentis lâche et fermai les yeux. Combien de temps dura ce brouillard dans mon corps, ce vide dans mon esprit ?

Lorsque j'ouvris les yeux, Franz et Stefania préparaient du café. Je les rejoignis.

Les yeux rougis par les larmes, Stefania me donna un sourire.

— Un café, Thomas ?

Ô Stefania ! La voix d'une femme comme un éclair bleu déchirant le ciel blafard. Après l'agonie des étoiles et la nausée des sentiments, voilà que trois mots de Stefania m'apportaient le bien-être dont j'avais oublié l'existence même ; je m'allongeais sur du coton pour un tour en nuage rose.

— Un litre de café ! répondis-je.

Son visage s'éclaira, ses yeux s'allumèrent, ses dents étincelèrent, ce fut comme un coup de fouet. Je voulais me jeter à son cou et la remercier d'être là, avec sa voix, son parfum de femme, son sourire de femme, sa noble élégance naturelle, sa crinière vénitienne, son regard vert de miracle et de trouble : j'assistai à la résurrection de la douceur sur terre.

Trois mots banals, d'ordinaire entendus sans écouter, et qui, ce matin de janvier, m'enchantaient. Précision de l'accord, sublime interprétation, comme la *blue note* d'un saxophone, la voix suave de Stefania m'émut. J'oubliai la douleur, il n'y avait plus que cette clarté dans les yeux d'une femme, ma délivrance dans ses iris océan ; je ressentis l'émoi du jeune premier amoureux, découvrant enfin que les femmes ne sont pas faites de papier glacé.

Stefania me versa du café.

— Thomas ! je voulais vous remercier d'avoir aidé Franz, votre confiance, votre patience m'ont touchée.

Je reçus à nouveau le fouet de son sourire et la lumière de son regard. Je ne savais quoi répondre : « C'est normal » fut ma première idée, mais ça manquait de tact. Toujours gêné quand une personne me remerciait, je répondais d'habitude par quatre ou cinq merci confus tout en souhaitant que l'on passe à autre chose.

— C'est normal, dis-je.

Remarquant ma grimace embarrassée, Stefania me donna à nouveau la lumière de son regard et appuya sa main sur mon bras.

— Qu'allez-vous faire à présent ?

— Je vais m'en aller.

— A Paris ?

— Oui, je n'ai plus rien à faire à Vienne.

L'interview n'avait plus de sens. Je n'allais pas raconter ma nuit avec l'assassin de Vienne. Le journal voulait un papier sur le combat pacifique d'une minorité défavorisée, point de vue d'une certaine condition humaine, mais Franz n'avait pas eu le loisir de m'en entretenir. Ces heures autrichiennes furent une errance à travers solitude et douleur, comme un secret qu'il ne m'appartenait pas de dévoiler. J'allais rentrer à Paris, au journal, annoncer au chef des informations que ma rencontre avec Franz Kurier n'avait pas eu lieu, voilà tout ! Rien de plus simple. Là-bas, ils me feraient grief d'avoir raté les confessions bouleversantes d'un criminel malgré lui, mais je n'adhérais pas à cette conception du journalisme. En outre, pour l'instant tout du moins, je pensais que Franz ne tenait pas à ce que ma plume se fasse l'écho de sa dérive. Il m'avait accordé sa confiance, avoué sa peur, et je fus durant ces heures transies le seul ami qu'il possédât. J'étais prêt à aider Franz mais nous devions attendre un peu. De plus, j'éprouvais le besoin de reprendre mes esprits. J'allais retourner à Paris, dans la grisaille de mes idées éparses, avec mes blessures, loin, très loin des ombres et lumières de Franz et Stefania. Je m'endormirais dans l'intimité de Léa, dans la souffrance, dans la passion. Et la vie continuerait.

Stefania me fixait, Franz venait de nous rejoindre. Nous allions nous séparer. Pourtant, un doute subsistait. Il planait dans la pièce comme une interrogation. J'eus l'impression que Franz attendait quelque chose, un dernier service. Stefania coula son regard dans le mien et Franz alluma une cigarette. Nos yeux se télescopaient comme autant de billes de billard : Franz regardait Stefania. Stefania le regardait. Je regardais Stefania. Puis Franz. Stefania me regardait. Et Franz. Qui regardait Stefania. Et moi qui les regardais. Tous les deux. Tous les trois, nous nous regardions. Étrange communion, dans le silence rythmé par le chant monotone des petites gouttes qui coulaient du robinet pour s'en aller mourir sur l'inox de l'évier, quelques dizaines de centimètres plus bas. Lancinant goutte-à-goutte où nos œillades glissaient, comme des pas légers sur un macadam détrempé. Très vite, ce petit jeu devint supplice : une goutte, œillades, une goutte, œillades... toc, toc, toc... et cela n'en finissait plus. Je me raclai la gorge.

— Qu'avez-vous décidé, Franz ? demandai-je.

— Je vais me rendre, je n'ai pas le courage de fuir.

Il plongea la main dans la poche de son pardessus noir et en extirpa un Smith & Wesson 38 spécial. Il appliqua sur sa tempe le canon du pistolet. Il ferma les yeux, inspira longuement, puis expira, laissant retomber son bras sur la table.

— Ni celui d'en finir avec la vie, dit-il.

Dans la cuisine, le soleil installait ses quartiers, juste quelques heures avant de rejoindre la verticale de midi. C'était bien agréable ce soleil. Et Franz posa sa main sur mon bras.

— Connaissez-vous Salzbourg ?

Mis à part Wolfgang Amadeus et quelques considérations profanes sur l'architecture baroque, il me fallut avouer que je n'étais pas très au fait.

— Pouvez-vous y accompagner Stefania ?

Je pris sa main et lui fis signe que oui.

Il s'agissait de remettre une lettre à ses parents. La nouvelle du crime de leur fils risquait de les choquer. Franz désirait que nous puissions les rassurer. Il tenait plus que tout à ce que ses parents soient convaincus qu'il n'avait pas voulu cette mort.

Ainsi, tout était en ordre. Désormais Franz allait se constituer prisonnier. Il écrivit sa lettre. Il nous serra fort contre lui. Puis il disparut.

Nous restâmes un long moment, Stefania et moi, à nous regarder sans mot dire : le déchirement, l'émotion, l'impuissance, ce vide soudain, nous avaient plongés dans le plus grand désarroi.

Nous étions les orphelins de Vienne.

D'une main, Stefania pilotait la Mercedes, de l'autre, elle cherchait une station sur l'autoradio. Longs doigts, fins, ongles vernis. Et sa chevelure, danseuse, dans le vent qui sifflait par la vitre entrouverte. Stefania conduisait vite. Elle conduisait bien. Grise et monotone, l'autoroute se déroulait sous nos roues. Le moteur était silencieux et je reconnus les premières notes du *Chant de la Terre*. Stefania tourna la tête et je lui fis signe que j'adorais Mahler. Nous allumâmes une cigarette. Le soleil fut soudain effacé par un troupeau de nuages : l'orage menaçait. Stefania remonta sa vitre, mit un peu de chauffage, la pluie tomba dru, et fut ballottée d'un bord à l'autre du pare-brise par les essuie-glaces. La lumière d'hiver était forte malgré le mauvais temps. J'aimais ces éclairages de la saison des neiges. Et on se sentait bien à bord de cette voiture spacieuse, avec le chauffage, Mahler et le couinement des essuie-glaces. Et Stefania qui chantait, andante, s'interrompant juste quand elle aspirait une bouffée de tabac. Et pendant qu'elle chantait, si juste, si doux, je regardais ses jambes découvertes à mi-cuisses. Sa jupe s'était remontée quand elle avait pris le volant, et je ne pouvais résister au désir de mes yeux qui m'attiraient vers cette zone de peau comme une sublime terre étrangère, entre le haut de ses bottes et la limite de sa jupe. Je ne pouvais qu'obéir à mes yeux verts qui se perdaient avec délices sur cette plage charnelle, de haut en bas, de bas en haut. Stefania dut ressentir mon trouble : elle tira sur sa jupe en faisant crisser la soie de ses bas.

Depuis que nous roulions j'étais devenu amnésique. Avec la fatigue, ma mémoire se perdait dans un ailleurs, comme ivre des parfums capiteux de Stefania. Tout souvenir se métamorphosait en feu follet, inconsistant, noyé dans un marais d'Asie et de bois de santal. L'enfance, Léa, les voyages, les amitiés, Franz, les cauchemars, la mort : tout mon passé balayé ! Stefania m'avait capturé dans sa toile, entraîné dans le labyrinthe de ses mystères de beauté. Son naturel, ses sourires non feints, sa sensualité qui irradiait, sa peau qui faisait naître les troubles, ces mille et un pièges en elle, j'aimais cela en Stefania, royale en son palais des haches d'amour et de paix où la couleur du sang n'était que rouge à lèvres. Elle existait et respirait en moi.

Et mon passé qui s'éteignait ! je lui accordai le regard indifférent de celui qui n'a pas l'habitude de regretter, ignorant les affres de la nostalgie, inconscient de mon impardonnable trahison. Je n'avais plus besoin de belles images qui encouragent à vivre. J'étais soulevé par un désir que je pouvais toucher, tout près, tout proche. Je délirais, je fantasmais. Un désir de soie et de parfum dans une automobile spacieuse. Un désir de chair. Son cou palpitait, ses seins se soulevaient, la pluie, encore plus forte, battante, et Stefania soupirait délicieusement.

Elle m'hypnotisait. Et cet état de choses résultait du minutieux travail des émotions de Vienne. La nuit du Luna Park, son petit matin au goût de chagrin et de café brûlant m'avaient projeté dans une autre dimension. La dimension des sensations, les sensations de l'instant, sans passé ni avenir. Je n'étais pas Thomas Morris, j'étais un homme sans feu ni lieu, sans signe particulier, c'était bon. Mes yeux se fermaient. Je ne percevais plus les notes du *Chant de la Terre*. Je sombrais dans l'inconscient, peu à peu. J'étais un souffle d'air. Et doué de prescience : j'avais la certitude que Stefania serait la dernière femme qui poserait ses lèvres sur les miennes. Je me sentais vidé, épuisé, ma pensée se cognait aux cloisons du sommeil, rebondissait, avec un son de douceur, de couleur et de plaisir, proche du plomb, lourd et sans appel. J'eus simplement le temps d'écraser la cigarette qui me brûlait les doigts, de frôler la main de Stefania, de sentir sa chaleur, de frissonner, et, petit homme solitaire sur ma digue des fantasmes, je vis mon corps qui rencontra les vagues hautes de la mer. Enfin, il s'immergea dans les grands fonds du sommeil.

Le petit homme solitaire se pencha vers la femme aux cheveux vénitiens, lui demanda son nom. Stefania ! c'était son nom. Il lui proposa de l'embrasser parce qu'elle avait un prénom très doux. Il se dit même qu'elle devait avoir des lèvres sucrées. Il s'approcha du visage de la femme aux lèvres sucrées et leurs parties charnues s'unirent.

Leurs lèvres s'adoraient dans un baiser volé à la solitude. Leurs langues s'enroulaient. Leur salive était l'eau d'un fleuve qui menait à la ville des trois archevêques, aux remparts de Salzbourg, souveraine et lyrique, parmi les cieux éternels de clochers et de dômes, de toutes les églises, de tous les palais.

A l'entrée de la vieille cité, un homme tournait le

dos aux bastions et aux tours de la citadelle. Il récitait des poèmes d'états d'âme et mettait des textes en musique : c'était le librettiste de Mozart. On eût dit que la citadelle entière était construite de sel. Le librettiste accompagna Stefania et le petit homme solitaire. Il leur montra les caveaux des princes du Saint-Empire avec un air de circonstance, empreint d'autorité religieuse et de pouvoir temporel. Tous trois entendirent les jappements d'un chien. C'était Marmor, le chien de marbre, rouge, jaune, gris et blanc, et qui portait aux flancs les cicatrices de la guerre de Trente Ans. Stefania nota que l'un des trois archevêques les plus célèbres de la Renaissance avait pour nom Pâris Lodron. Ils atteignirent enfin une crête et contemplèrent un décor féerique de châteaux et de jeux d'eau, et, plus loin, le paysage des montagnes de marbre, géantes et solides dans la douceur et le bien-être des environs.

Éperdus, les amoureux s'embrassaient. Leurs lèvres mouillées émirent les premières notes de l'*Orfeo* de Monteverdi, après quoi des voix se répondirent avec mélodie : le librettiste présenta Mozart aux visiteurs, lequel se courba dans un éclat de rire tonitruant avant de les conduire à la résidence de Salzbourg.

Au moment de pénétrer dans la résidence, Mozart pivota sur les talons, écarta les bras et s'adressa aux visiteurs en leur souhaitant bienvenue sur la Terre de la Couronne ! Mozart avait dit cela et le petit homme solitaire s'en était trouvé fort ému parce qu'il aimait beaucoup Wolfgang, que c'était trop d'honneur pour lui, si petit, de se voir accueilli fraternellement par un tel prodige. De plus, selon ses calculs, Salzbourg n'était pas encore une province autonome de la monarchie autrichienne. Décidément, Mozart ne cessait jamais d'avoir de l'intuition et du génie.

A présent, ils se perdaient à l'intérieur de la résidence, dans un dédale de pièces : salles des Carabiniers, des Chevaliers, des Empereurs, des Conférences, des Audiences, parmi les plus légendaires, communiquant toutes par des allées de portraits, couloirs mythiques des Franciscains et du Déluge. Mozart leur dévoilait les secrets de la demeure des princes-archevêques, siège du gouvernement de la principauté ecclésiastique, véritable musée d'histoire, décoré de tapisseries, de damassés, de stucs et de sculptures, reflétés par les miroirs jaune d'or des balustres de cuivre. Et les visiteurs découvraient, béats, la salle blanche, le salon des fêtes, des chambres, des antichambres, et de splendides objets d'art, comme cette horloge astronomique du XVIIIe siècle qui émerveilla le petit homme solitaire.

Mozart modifia un passage du *Requiem* qu'il préparait. Ce fut un grand moment. Et il grimpa quatre à quatre les marches qui menaient à la plus belle galerie du monde.

La galerie de la Résidence était le paradis de la peinture. Le choix de Stefania se fixa sur un Titien. Mozart haussa les épaules avec une grimace amusée, c'était toujours pareil ! Devant le portrait de Giovanni da Castaldo, toutes les femmes avaient le coup de foudre. De peur qu'elle ne l'oubliât, le petit homme solitaire se plaça entre Stefania et le bourreau des cœurs. Et ils continuèrent de s'embrasser. Autour d'eux, ce fut une sarabande vertigineuse des maîtres du pinceau. Les visiteurs se tinrent la tête à deux mains, les yeux brouillés, l'âme joyeuse, ils vénérèrent Bourdon, Dughet, Rembrandt, Dolci,

Schindler, Klimt et Kokoschka. A un moment, une clarté inhabituelle éblouit le petit homme solitaire. Il y eut comme un mouvement ralenti, suspendu. Quelqu'un le secoua, il se mit à neiger des flocons de soleil, et le petit homme solitaire perdit les lèvres de Stefania. Il entendit une voix, il cligna des yeux…

— Hé, Thomas !

— Stefania… Qu'est-il arrivé ?

— Nous sommes à Salzbourg ! dit-elle.

— Salzbourg !

Je soulevai les paupières, il ne pleuvait plus, le soleil enveloppait la ville. Salzbourg ! Je sentis tout de même le souffle du froid, glacial, par la vitre entrouverte. Stefania me souriait.

— Bien dormi ?

— Merveilleusement. Si vous saviez ! dis-je en rougissant un peu car l'idée m'effleura que Stefania lisait peut-être le rêve qui se lovait dans un coin de ma mémoire. Comme elle avait deviné que Franz ne serait plus jamais Franz.

— Allons voir les parents de Franz, d'accord ?

Je m'étirai en bâillant.

— Où est-ce ?

— Mozartplatz. C'est ici qu'ils vivent.

Mozartplatz ! Mozart s'y tenait d'ailleurs, mais en statue. Je pourrais cogner sa poitrine, lui chatouiller les aisselles, il ne respirerait plus, n'éclaterait plus de rire, et ses doigts de musique ne danseraient plus sur le clavier. Il avait joué sa dernière partition, le *Requiem* l'avait éteint. Heureux Mozart qui reposait dans le patio du firmament.

Au paradis terrestre des pianos.

Pianoforte Wolfgang et paix à ton âme de dieu !

Mozartplatz. Je ne pouvais détacher mon regard

de la statue. J'aimais les statues. Elles m'attiraient vers le passé. Lointain, proche, vers la magie des souvenirs. Souvenirs d'enfance, mots de jeunesse, merveilles de mon éducation, premières notes sur la partition. Salzbourg, Mozart, rien que des images, mais quelles images ! Ces souvenirs qui étaient mes vérités. Ces choses qui existaient, existent ou existeraient s'inscrivaient dans la pensée humaine. Chaque homme possédait une chronologie jalonnée de hasards, dans un coin de sa tête. C'était mon idée tout du moins. Dans un slalom d'écueils, parmi les hasards chaotiques, l'homme apprenait à se connaître, à comprendre les autres, à effleurer son absolu. Souvent les statues de ma mémoire m'avaient donné la force et l'envie de continuer, d'aller voir un peu plus loin.

Sur cette grande place, dans le soleil qui éblouissait Mozart, partagé entre la destinée malheureuse de Franz et la présence troublante de Stefania, je revivais les bons moments et j'avais des rêves de bonheur universel. Cette atmosphère me ramenait au temps révolu de mes premiers regards sur le monde. Dès mon plus jeune âge, j'avais connu Mozart, et de le voir comme ça, sur une place en Autriche, me faisait du bien. J'avais envie d'aimer, d'aimer, d'aimer. Tous, nous avions des facultés dont nous n'étions pas toujours conscients. J'avais besoin de tendresse, besoin de grandir pour arracher des larmes de vivre. Sur cette place où Mozart semblait sourire à la lumière, j'aurais voulu me dépasser, me mettre à nu et susurrer les mots sincères qui bouillonnaient dans mes veines. Si j'avais pu crier et qu'arrive enfin l'été, j'aurais crié. Ah ! Wolfgang Amadeus ! Ferme les yeux, écoute, écoute, ouvre les yeux, voilà la musique, me disait-on. Aucun mot alors n'aurait pu exprimer mes sensations, j'avais dégusté du Mozart, goûté à ses enchantements comme à un vin d'une cuvée exceptionnelle, j'étais baptisé, j'étais vivant, je le sus puisque Mozart me parlait, puisque je l'entendais les yeux dans les yeux de mes parents, ma passion contre leur passion. J'avais grandi. Je n'avais pas oublié. J'étais un homme avec des rêves d'enfant, mes éternels amis. Le temps ne leur faisait pas peur. Même si mes cris n'effaçaient pas l'hiver, même si Léa était loin, même si Franz ne croyait plus en rien, même si Stefania avait mal, même si j'étais un peu seul à rêver de bonheur universel dans un monde désemparé.

Je caressai le dos de Mozart et serrai la main de Stefania. Nous franchîmes le portail de la maison rococo de Léopold et Maria Kurier.

Il nous fallut libérer une force de titans pour soutenir la vasque de leurs larmes. Couple d'Hermès, messager d'un malheur et colporteur des douleurs, nous avions prononcé les paroles de circonstance aux parents de Franz. Ils avaient lu sa lettre, ode à l'amour. Maria avait insisté pour que nous la lisions aussi. Une lettre qui faisait mal. Regret, rêve envolé, espoir échoué. Il n'avait pas été le fils attendu. Ni prodige ni prodigue. C'était un mot d'excuse, télégramme de prière, alphabet d'humilité, quelque part du côté du pardon. Qu'ils lui pardonnent ! Il s'efforcerait à l'avenir de les réjouir et d'effacer le temps gâché. Vous êtes mon Salut ! écrivait-il, je vous aime. D'une écriture tremblée, il avait signé. En post-scriptum, il leur demandait de bien nous recevoir. Nous étions ses seuls amis.

Avec Stefania nous avions l'air de deux enfants, oui vraiment orphelins, impuissants face à deux êtres qui venaient de recevoir le ciel sur la tête. Et Stefania enroula ses bras autour de Maria.

Je me trouvais avec Léopold dans le grenier aux télescopes. En bas, Stefania consolait Maria. Buvard de chair, elle absorbait les sanglots de la vieille dame. Léopold bourra sa pipe, sécha une larme clandestine qui glissait sur sa joue, lissa ses moustaches, et m'observa, très loin. Si profond que j'eus l'impression qu'il visitait mon corps. C'était le regard d'un homme qui aime les secrets. Il avait dû passer le plus clair de son temps à découvrir les mystères de la vie. Le jour, les hommes. La nuit, les étoiles. C'était pareil. Dans l'univers.

Sa vie durant, Léopold avait compulsé les livres des physiciens. Il connaissait les lois de la Nature. Être pensant venu d'années-lumière, il savait les particules, les atomes, les molécules et les cellules. Avec sa maîtresse la gestation cosmique, Léopold flottait sur l'océan primitif. Dans la lunette de ses télescopes, il avait assisté à la naissance des étoiles sur le lit féerique et multicolore des nuages galactiques. Et il avait pleuré quand elles s'étaient éteintes. Alors, ne supportant pas de voir un homme pleurer, les étoiles ressuscitaient sous la forme de planètes. Disciple de Galilée, avec ses grandes mains qui décrivaient d'infinies orbites, Léopold avait les yeux pétillants des hommes assoiffés de connaissance. Combien de fois Maria avait dû écouter, amoureuse et minuscule dans son fauteuil, la beauté lumineuse des pouponnières d'étoiles ? Combien de fois Franz avait dû voyager dans l'espace, loin de la terre et du système solaire ? Au Luna Park, sous la grande roue, il avait confié son désespoir à Vénus, une fille pas comme les autres que Léopold lui avait présentée. Franz, mon ami, fils de Léopold, fou d'universel, héritier des explosions stellaires. Léopold et Franz, père et fils, hommes d'univers.

La matière s'organisait. Cela me semblait tellement difficile à imaginer. Il suffisait pourtant d'avoir confiance. Écouter ce vieil homme, c'était comme tenir le monde au creux des paumes. Devant mes yeux défilaient des milliards d'années, chaos, particules élémentaires et mariages de systèmes complexes. Ces noces explosives étaient parvenues à l'âge d'homme. L'homme avec sa tête pensante ! Et moi j'avais juste conscience de mes pieds sur la terre, de mon appartenance au monde. J'étais subjugué, j'étais né, je vivais. L'hiver griffé par le froid, l'été léché par le soleil.

— Si vous restez cette nuit, Thomas, je vous montrerai la galaxie d'Andromède et sa horde de constellations, dit Léopold.

Léopold m'enchantait. Il paraissait intarissable sur l'espace sidéral. A cette seconde précise, j'aimai follement cet homme qui ressentait les choses qui m'avaient toujours subjugué. Ça me rassurait que quelqu'un comprenne le sens de la vie et puisse l'indiquer aux autres. Léopold m'émut car je savais que son cœur se serrait dès qu'il parlait d'une étoile et croyait y reconnaître son fils.

Je sus pourtant que je ne verrais pas Andromède et les nuages de Magellan, ni ne percerais les secrets de la sublime galaxie du Centaure.

Toujours mes pressentiments et ce malaise éprouvé dans le *Mozart Express*.

A travers ses rêves de nucléons, Léopold admirait la vie, mais j'étais effrayé à l'idée que même là-haut agonisaient des cadavres stellaires. J'avais tant de mal à accepter l'importance de la mort dans la vie. Curieusement, je m'étais souvent imaginé très serein avec des enfants. Une image m'obsédait tout particulièrement : Léa mettait un enfant au monde, il sortait de son ventre, brillait d'entre ses jambes et seulement alors j'acceptais ma mort. En écoutant Léopold, je pensai que je n'avais pas d'enfants. En l'écoutant, ils me manquèrent.

— La vie, c'est une question d'ADN, dit-il.

Des séquences de molécules, un abécédaire génétique et voilà l'homme ! ADN, vie, infini, l'homme arrivait à l'issue du jeu de la nature. Ensuite, à lui de jouer. Certains se plaisaient à créer, inventer ou travailler sur la matière. D'autres préféraient admirer l'ouvrage des premiers. On pouvait aimer les mots, s'extasier sur une sculpture ou pleurer devant un tableau. Et les astrophysiciens s'accordaient à penser que l'homme existait pour continuer l'œuvre de la nature.

Je vis l'heure à mon poignet. Je voulais visiter Salzbourg avant la tombée de la nuit. En rejoignant Maria et Stefania je me cognai à quelque chose dans l'escalier. Dans l'ombre, je distinguai une forme accrochée à la rampe. Une forme ramifiée. Je pensai… et puis non, ce ne pouvait être cela. Et Léopold devança la question que je n'aurais jamais posée, trop effrayé par l'idée qui germait dans mon esprit.

— Spécialité de Salzbourg ; ce bouquet d'épices est un vieux souvenir de ma première rencontre avec Maria, il est magique comme le Bien et le Mal. Tout peut arriver avec le bouquet d'épices, m'avoua-t-il avec tristesse.

— Je ne suis pas superstitieux, dis-je.

Léopold devina que je mentais et il posa sa main sur mon épaule tandis que je contemplais le bouquet d'épices.

Des immortelles, des rubans, des épices. Ce parfum ! Le frémissement de mes narines chatouillées, tout à l'heure, lorsque nous montions au grenier des télescopes. Des dizaines d'épices autour d'une tresse de paille. Une odeur entêtante à la rampe d'un escalier, un parfum ! A présent la peur exhalait un parfum qui embaumait des relents de mon rêve du *Mozart Express*.

Le bouquet d'épices ! Un souvenir remontait.

J'étais petit, ma mère m'avait raconté. Au Manège Espagnol à Vienne. Il y avait un Autrichien qui la courtisait. Il lui offrit un bouquet d'épices et ma mère rencontra un autre homme, un Français qu'elle aima aussitôt, qui l'épousa subito. C'était l'homme de sa vie, l'homme d'hier et aujourd'hui, mon père.

J'étais petit, mon père m'avait raconté. Il me disait que quelques épices l'avaient rendu heureux. Je me revoyais assis sur ses genoux à l'écouter me raconter que j'étais né dans un bouquet d'épices. En grandissant j'avais oublié cette belle histoire. J'étais devenu reporter, j'avais pris des avions, j'avais vu du pays comme on dit.

Beaucoup de mirages en fait.

Maintenant que j'étais à Salzbourg, je pensai que je vivais le premier voyage de mon existence. Léopold avait toujours sa main sur mon épaule, j'étais toujours pétrifié dans l'escalier. La cannelle, la noix de muscade, la vanille, le safran et le gingembre ajoutaient à la confusion de mon esprit. Magique comme le Bien et le Mal. Oui ! j'avais un peu menti et tout d'un coup je devenais superstitieux. Je voyais un cauchemar dans un train, mon accident avec Léa, la voiture de sport couchée sur le dos, une roue qui tournait dans le vide, le requiem de Davis, et moi, allongé au virage de la mort avec le bouquet d'épices accroché à la branche d'un platane ensanglanté. J'eus peur. Tout peut arriver, m'avait confié Léopold. Fais attention à toi, m'avait crié Léa. Et je fermai les yeux.

Nous descendîmes les dernières marches. Stefania dut remarquer mon trouble.

— Thomas, vous êtes livide ! dit-elle.

Je n'aurais pas osé mettre sa parole en doute. Mes mains tremblaient dans les poches de mon pantalon.

— Ce n'est rien, dis-je, un peu fatigué. J'ai envie de voir Salzbourg avant la nuit.

Maria et Léopold proposèrent de nous héberger. J'expliquai pompeusement que je désirais me retrouver un peu. Visiter Salzbourg, dormir, comprendre, oublier, respirer. Maria avait encore les yeux rougis par les larmes et se lovait contre Léopold, lequel masquait son chagrin derrière un sourire courageux. Nous nous embrassâmes, très fort, serrés les uns les autres. Léopold cita une phrase de Freeman Dyson : « L'Univers savait, quelque part, que l'homme allait venir. » C'était sa façon à lui de dire son espérance. Leur fils allait venir. A nouveau, je serrai Léopold contre ma poitrine. Et nous nous quittâmes.

Je me retournai plusieurs fois pour les voir tous les deux. Léopold et Maria dans ses bras. Ils agitaient la main sous le portail de leur maison rococo. Une larme coulait sur la joue de Stefania. Je pris sa main et me retournai une dernière fois. Je distinguai leurs deux silhouettes lointaines, à présent aussi petites qu'une constellation dans l'univers. Je les aimai.

Stefania marchait silencieuse à mes côtés. Nous traversâmes Salzbourg tels des automates. A chacun de nos pas, une pensée, bien éloignée d'une quelconque considération sur les charmes de la ville. Peut-être était-ce un hommage symbolique à nos amis. Peut-être était-ce un dieu meurtri qui nous privait de paroles inutiles. Peut-être ? Nous dépassâmes le café Tomaselli. J'avais de plus en plus froid. Et Stefania s'arrêta devant une chapelle où nous entrâmes. Le sol se composait de dalles funéraires d'ancestrales familles salzbourgeoises, plus loin une porte s'ouvrait sur un jardin planté de croix. Les larmes aux yeux, Stefania se tourna vers moi.

— Mariazeller Kapelle ! Franz et ses parents adoraient cet endroit, me dit-elle.

Je posai les doigts sur une statue de sainte Catherine. J'en caressai la pierre. Elle était froide. Immobiles dans leur habit sculpté, des anges souriants semblaient interroger de leur innocent regard les visiteurs que nous étions. Malgré la pierre, les dalles funéraires et le cimetière, ce lieu des silences m'apparut comme un havre de chaleur et de paix. Des forces supérieures s'en étaient emparées pour y planter le décor d'un paradis.

Je pensai à Léa.

Une fois, nous étions restés une journée entière dans une chapelle de campagne. Dehors l'orage grondait et le pays exhalait un parfum de terre et d'herbe mouillées. Sans mot dire, d'un long voyage dans notre pensée nous avions remis les choses en place. Repeindre le passé fut la meilleure façon d'annoncer les couleurs de l'avenir. Nous nous lavâmes d'un désespoir de vivre. C'était un jour dans la campagne pluvieuse. Et nous, en cette chapelle abandonnée, à raccommoder les blessures de l'amour. Nous en étions sortis placides comme des sages orientaux. Le soleil revenu, la terre mouillée laissait échapper mille sons de ses entrailles gorgées d'eau, comme un remerciement crépusculaire à l'arc-en-ciel du beau temps ressuscité.

Léa si lointaine aujourd'hui. J'avais peur d'être longtemps loin. Et je ne savais pas pourquoi ! Léa, chère Léa, puisses-tu entendre mes sentiments à ton égard ! me dis-je. A mon tour, j'eus envie de pleurer. Et Stefania m'embrassa, au mépris des lois catholiques, sous le regard médusé de sainte Catherine et des petits anges.

La nuit tombée, Stefania voulut me présenter à son jardin préféré. Le jardin Mirabell avec ses vases artistement posés sur des balustrades m'enchanta comme un conte des mille et une nuits. Je remarquai des statues de dieux et de déesses. Très belles. Le long des haies du jardin, nous montâmes un escalier. Et là-haut, tout là-haut, sur une promenade en pelouse, entourés de statues de nains, nous fîmes l'amour avec désespoir et passion.

Je ne savais pas que nous étions à quelques pas

de l'endroit où Mozart composa sa *Flûte enchantée*. Tout près d'une roseraie.

Dans un interminable gémissement de noyée, Stefania s'accrocha à mon cou et nos dents s'entrechoquèrent. Une de ses jambes s'insinua entre mes cuisses. Un baiser violent, si violent, d'affamés de tendresse, de caresses. Deux cargos aux cales chargées de désir s'étaient tamponnés dans un océan de brume.

Je m'agenouillai sur la pelouse gelée, fis glisser sa culotte le long de ses jambes, si longues. Et j'appuyai mes lèvres sur son sexe blond et humide. Triangle d'or, fruit parfumé où ma langue, abeille ivre, s'était prise à voyager. Mes mains froides se perdirent dans la chaleur de ses fesses, si rondes, pleines, parfaites. Et Stefania griffait mes cheveux. Le plaisir sifflait entre ses lèvres entrouvertes et s'en allait remplir la nuit de son écho délicieux. Puis elle me releva. Nous étions au précipice de l'impatience. J'enfouis ma tête entre ses seins dont la pointe était si dure que je ne pus réprimer un sursaut. Sa main fouilla mon entrejambe, agrippa ma hampe en un frénétique va-et-vient et fit rouler mes testicules entre ses doigts. Avec un grand soupir elle étala sur mon gland la perle de désir qui venait de naître à l'abside de mon sexe. Gestes désordonnés, nous nous étions dirigés vers l'une des statues.

Stefania releva sa jupe et m'attira en elle, dans son sexe, chaud et mouillé. Adossée à la statue, Stefania tanguait, haletante, et ses muscles m'enserraient comme s'ils voulaient m'étouffer et me garder à jamais. A chaque mouvement de son corps, à chaque ondulation de ses reins, je ne pouvais m'empêcher de trembler. Et nos râles se mélangeaient pour un concert nocturne que les dieux et déesses du jardin Mirabell ne pouvaient manquer d'entendre. Nos gémissements, nos lèvres collées, nos sexes qui se cognaient, vite, de plus en plus vite, au vertige, nos yeux suppliant, implorant et guettant chacun le plaisir de l'autre. Et les jambes de Stefania qui ceignaient ma taille, qui s'ouvraient si grand pour que j'aille plus loin en elle, beaucoup plus loin. Et mon sexe qui touchait si profond, aux abysses de son ventre aussi brûlant que son regard. Stefania criait doucement et je gémissais plus fort. Si près, si proche, l'orgasme, la jouissance. Nous l'avions deviné à nos yeux qui s'emplissaient de larmes au plus fort de la houle et du plaisir. Avec passion et désespoir, malgré le froid, malgré les conditions précaires de notre union, nous avions joui longuement, en respirant vite, si vite, tout près de l'endroit où Mozart composa *la Flûte enchantée.* Non loin d'une roseraie. Contre une froide statue de pierre. A quelques marches des dieux et déesses du jardin Mirabell. Avec passion et désespoir. Le chagrin s'était changé en rage, plus haut que le désir, comme une nécessité. Acte d'amour incontournable, né de nos cœurs à vif, de notre solitude, du frimas qui souvent invite à la chaleur humaine. Avec passion et désespoir, parmi les souffles excités et les regards embués, Stefania avait aspiré ma semence en son intimité charnelle. Et dans la spirale de sa sensualité, j'avais joui comme jamais auparavant.

Nous retournâmes à la Mercedes.

Mozartplatz. J'imaginai Léopold et Maria en tête à tête avec le chagrin. Je serrai fort la main de Stefania. Elle repartait pour Vienne, près de Franz. J'avais décidé de passer la nuit à Salzbourg, je prendrais le premier train de la matinée.

Dans la poche de ma veste, ma main rencontra une étoffe de soie. Je l'y extirpai, la portai à mon visage et la tendis à Stefania. Je n'étais pas fétichiste à ce point.

— C'est à vous Stefania, vous risquez de prendre froid !

J'avais prononcé ces mots avec un tel naturel ; nous éclatâmes de rire et nous jetâmes dans les bras l'un de l'autre. Enfin nous avions ri ! et si ce rire n'était que l'issue d'un chagrin exacerbé, rire nerveux, c'était tout de même un peu d'air sur le circuit fermé où nos sentiments s'étaient carambolés.

— Je vais partir, Thomas, dit-elle.

— Rentrez vite à Vienne, Franz a besoin de vous, dis-je.

Elle me donna le fouet de son sourire et la lumière de son regard. Dernier regard, complicité, dernier baiser. Stefania s'installa au volant. Elle descendit sa vitre. Derniers mots.

— Stefania !

— Thomas ?

— Merci infiniment, dis-je.

Et Stefania eut un sourire que je n'oublierai jamais.

Le moteur toussota, ronfla, chauffa et la Mercedes s'éloigna. J'étais seul maintenant. La Mercedes avait disparu, mon cœur battait la chamade. A l'autre bout de la Mozartplatz, attaché à la poignée d'un portail de marbre rose et blanc, je vis un bouquet d'épices. Je le regardai avec l'indifférence d'un homme lassé de se poser des questions, fatigué de deviner le sens caché des signes. Après tout, l'Autriche n'était pas le bout du monde. Ça devenait ridicule à la fin, ces pressentiments.

Je fis quelques pas, les yeux clos, les mains dans les poches de ma veste. Les pressentiments me suivaient comme une ombre. J'avais beau me raisonner, rien n'y faisait. Tout peut arriver, m'avait confié Léopold. Fais attention à toi, m'avait crié Léa.

J'avais l'impression d'être un médium. Un événement qui bouleverserait ma vie, mais j'étais privé de toute image. Que pouvais-je y comprendre ? Sois patient, Thomas ! semblait me promettre une voix intérieure. Je ne voulais pas entendre cette voix. Je pensai à Stefania. Le souvenir de ses caresses prodiguées. Le parfum de son mont de vénus. J'avais envie de prendre un verre au café Tomaselli. Je désirais me protéger dans la pensée d'une étreinte sauvage non loin des statues gelées du jardin Mirabell, plonger dans la douceur, réchauffer mes lèvres gercées aux flancs d'un verre de whisky. Vite, vite, car mes hallucinations reprenaient le dessus.

Je descendis la rue des Juifs, vers la fontaine Saint-Florian. Tout peut arriver ! m'avait confié Léopold. Fais attention à toi ! m'avait crié Léa dans mon cauchemar du *Mozart Express*.

Et je n'avais qu'une seule arme contre ces craintes obscures, une vérité élémentaire, une leçon inculquée par un ami physicien : « On ne peut pas calculer la probabilité d'un événement si l'on ne sait pas comment il se produit. »

Ça ne m'avançait guère.

Deuxième partie

C'était une vraie dérive. En plus des faits matériels qui certifiaient la chose, il y avait la sensation de ne plus gouverner et d'être emporté par le flanc.

Jean Giono
Fragments d'un Paradis.

Des courants d'air descendaient la rue des Juifs. J'en avais marre de l'Autriche et du froid et des malheurs du monde. J'aurais pu abandonner, fuir dans un train de nuit et retrouver Léa, mais je voulais savoir. C'était plus fort que moi, une maladie. Vraiment. Je vivais depuis toujours sur des sables mouvants, j'aimais ça. Cette nuit, j'avais décidé de poursuivre mon voyage jusqu'au bout de la connaissance. Quelque chose m'arriverait enfin.

D'un pas rapide, j'avançais sur le trottoir de la rue des Juifs, avec un de ces pressentiments qui ne m'avaient jamais trompé en dépit des vérités élémentaires.

La rue des Juifs ! Stefania m'avait raconté la triste histoire. Une de ces histoires que les hommes se plaisent à perpétrer parce qu'ils trouvent sans doute que le monde est trop beau.

Il était une fois un archevêque malade qui découvrit que seul un médecin juif pourrait le guérir. Il le fit venir. Le médecin s'installa à Salzbourg, rue des Juifs. Tout se déroula à merveille. Jusqu'à ce jour, cinq cents ans plus tard, où mille deux cents juifs, hommes, femmes, enfants, furent brûlés vifs devant les yeux d'une population passive. Les spectacles se faisaient si rares à l'époque. Ces juifs, disait-on, étaient coupables d'avoir empoisonné les puits de la ville afin de provoquer la peste. Un demi-siècle passa et on recommença. Des milliers de juifs furent livrés aux flammes purificatrices par un bel été de 1404. Une autre raison fut invoquée qui justifia la condamnation des pieux accusateurs : une hostie poignardée aurait une fois de plus fait couler le sang du Seigneur. S'il avait eu vent de cette affaire à dormir debout, le Seigneur, il serait certainement entré dans une colère à décourager les auteurs de la sinistre comédie. Mais il devait avoir la tête ailleurs, le Seigneur, si pétri de confiance pour ses agneaux de fidèles qui n'auraient jamais fait de mal à une mouche. S'il avait su qu'on pouvait faire mal aux juifs, il aurait révisé la notice de la Création et décelé la faille avant que de laisser trop de responsabilités à de tels fanatiques. Il était une fois des bouffons furieux et obstinés dans leur aveuglement, si haineux qu'une statue fut érigée à l'hôtel de ville, représentant une truie nourrissant des enfants juifs. Il était une fois de bons catholiques qui avaient enfin leur louve romaine et l'honneur était sauf. Il était une fois les siècles qui n'avaient rien effacé. A tel point que, le moment venu, l'Église catholique autrichienne s'offrit corps et âme à Hitler. Il était une fois des hommes qui me donnaient envie de pleurer des larmes de honte.

Stefania m'avait fait haïr ces siècles traversés dans la certitude imbécile d'un danger écarté lorsque les juifs seraient rayés de la carte du monde. A Salzbourg on avait oublié ces atrocités, on essayait tout du moins. Pourtant jamais l'oubli n'éteindrait le brasier de la folie humaine.

Je frissonnai en pensant que les souvenirs collent à la peau et peuvent exciter des vocations. Et je songeai aux individus qui déclinaient encore leur appartenance à des mouvements néo-nazis.

Je pensai que le monde n'allait pas bien.

Des projecteurs illuminaient la fontaine Saint-Florian où des hommes et des femmes se réchauffaient tant bien que mal, engoncés dans leurs fourrures à l'affût d'un rendez-vous.

Et je poussai la porte du café Tomaselli.

Le Johnnie Walker dansa dans mes veines et réchauffa mon corps. Plutôt confortable, l'endroit apaisa mes esprits. Une radio distillait l'*Adagietto* de la *Cinquième Symphonie* de Mahler.

J'écoutai et pensai à Visconti, *Mort à Venise,* autre statue de ma mémoire, inoubliable film.

Bogard fou de Tazio, Venise, le Lido, les images défilaient comme j'écoutai l'*Adagietto*, air si pur, douceur et sérénité mêmes. Je me sentais transporté sur le Vaporetto, les images du chef-d'œuvre m'apparaissaient comme voilées par le brouhaha des clients du Tomaselli. J'aurais voulu être avec Léa, en voyage de noces dans cette ville, nous aurions bu du café viennois les yeux dans les yeux, enivrés de projets. Nous aurions écouté Mahler. Nous aurions été si amoureux. Mais je ne rencontrais pas plus les yeux de Léa que je n'entendais l'écho de mes rêves. J'avais des illusions perdues, c'est-à-dire rien ! Rien que cette absence qui me faisait sourire au vide en écoutant Mahler dans ce petit caravansérail qu'était le café Tomaselli.

Un jeune homme accompagné d'une belle fille aux yeux noirs firent leur apparition. Ils cherchèrent une place. En vain. Une population cosmopolite occupait complètement l'espace du Tomaselli.

Le jeune homme et la belle fille aux yeux noirs s'aperçurent que je les observais avec insistance. Étant l'unique solitaire du Tomaselli, ils s'approchèrent de ma table et me demandèrent avec force politesses si je voyais un inconvénient à ce qu'ils me tiennent compagnie. Je me retins de dire que je les attendais.

— Asseyez-vous donc, dis-je.

Ainsi je rencontrai Gustav le pianiste et Vera la violoniste, frère et sœur. Il avait de longues mains comme celles de Michel-Ange, et ses yeux à elle étaient si noirs qu'on ne pouvait distinguer la pupille de l'iris. Tous deux venaient de Cologne. Ils arrivaient à Salzbourg à l'occasion du festival Mozart pendant lequel ils donneraient quelques concerts en hommage. Leur jeunesse m'éblouit, la fraîcheur de leurs sourires émouvants d'innocence, ils me touchèrent.

Souvenez-vous. Je venais de passer une nuit avec un criminel, une journée avec la troublante Stefania, sans oublier Léopold et Maria, poussières de destin, et je me trouvais de plus tiraillé par des angoisses depuis mon départ de Paris.

Comprenez-moi. Je me sentais perdu dans un pays inconnu. Quelque chose allait enfin m'arriver, mais je ne savais pas ce que c'était. La partition devait s'écrire et j'appréhendais l'issue de mon voyage. Alors, sur la corde raide où j'évoluais, de voir soudainement la beauté de Gustav et Vera s'harmoniser avec l'*Adagietto*, cela me donna envie de les aimer comme si je les connaissais depuis la nuit des temps.

J'aurais voulu bénir le ciel de m'avoir envoyé ces deux merveilleux complices amoureux de musique qui éteignirent un peu ma solitude. Si fatigué de mes prophéties d'homme bouleversé par des événements aussi inattendus que singuliers, si fatigué d'errer sur une terre étrangère avec comme seul bagage des questions sans réponses, je devinai dans cette rencontre inopinée la chance de freiner mes divagations, d'étouffer mes délires et d'ignorer un destin qui ne m'enchantait guère.

Pendant quelques minutes d'éternité, nous écoutâmes tous les trois la *Symphonie* de Mahler. Il n'y avait rien d'autre autour de nous que la musique, nous n'entendions plus les bruits du Tomaselli qui allaient et venaient comme une grande marée. Comme si nous avions accédé à une paix intérieure. Par son essence, pendant quelques minutes, la musique avait triomphé des conversations du Tomaselli et nous toucha de plein fouet.

Je n'oublierai jamais la plénitude de cet instant, cette impression de rejoindre Mahler en partageant la passion de Gustav et Vera. Ils m'auraient dit alors : Thomas, nous allons partir sur la lune, ils m'auraient dit cela que j'aurais caressé la lune avec eux.

Comprenez-moi !

Gustav et Vera recélaient tant de promesses. Ils s'exprimaient avec de larges gestes de douceur et de jubilation, et j'aurais pu les comprendre même s'ils n'avaient pas eu l'usage de la parole. Des yeux noirs m'éclairaient, les mains de Michel-Ange me poussaient vers les paysages de l'existence. Vera et Gustav étaient les philosophes de la sensualité et de l'enchantement. Et la vie, en fin de compte, n'était rien d'autre que ces petites choses qui grandissaient d'un seul élan de l'espérance.

Gustav me ravit en évoquant Mahler et Vera emporta mon admiration en décrivant le *Requiem* de Fauré comme s'il avait tourné sur le plateau d'un pick-up. Gustav m'éclaira sur la *Cinquième Symphonie* en des termes de musique pure et absolue. Selon les mots de Mahler lui-même, la musique naissait sans motif préalable, elle était en lui et devenait. Mahler avait construit un monde d'émotion, de sérénité et de poésie. Je l'imaginai avec ses partitions, allongé dans une gondole et composant l'*Adagietto*, et je pensai qu'il avait dû rêver de solitude et de paix intérieure. J'éprouvais cette sensation chaque fois que j'écoutais l'*Adagietto*. En véritable musicologue, Gustav avait installé Mahler à notre table du Tomaselli. Gustav, petit frère de Mahler ! il me plut d'imaginer une telle parenté.

Vera osa le mot perfection à propos de Fauré. Plus fort que la vie, le *Requiem* la dépassait et nous ouvrait les portes d'un univers d'ordinaire inaccessible au simple mortel. Le *Requiem* recréait la vie même et sa force inaltérable résidait en cette note d'espoir qu'il chantait.

Durant ces quelques minutes autrichiennes où nos pensées divaguèrent parmi les notes de musique arrosées de whisky, j'appris plus de choses avec ces deux jeunes gens que l'existence ne m'en avait jamais révélé.

J'eus le sentiment d'avoir fait fausse route. Gustav et Vera, sans le savoir, devenaient le miroir de mes vingt ans. Oui, j'avais fait fausse route avec ma vie.

Devenu journaliste, Thomas Morris avait délaissé ses années de jeunesse, refoulé ses belles idées. Rentré dans le rang, entré dans la vie, il avait pris plaisir à appliquer son expérience aux autres comme une option qui augmenterait le sentiment de confort et de sécurité. Alors qu'elle n'aurait dû servir qu'à mieux écouter les autres.

Dans ce café Tomaselli, je me sentis étranger à

Thomas Morris. Était-il possible que j'aie changé à ce point ?

Gustav et Vera avaient les bras chargés de rêves flamboyants. Mes rêves à moi, ils étaient enfouis très loin, dans un couloir sombre de mon esprit. J'avais encore la sensation de ces rêves, je ne les nourrissais plus depuis longtemps. A présent, je m'éloignais de ce Thomas qui, me semblait-il, avait trahi la luxuriance de son imagination. Que me restait-il si j'avais trahi mes rêves ? Que reste-t-il à un homme qui n'a plus de pays à inventer ?

J'en étais à mon troisième Johnnie Walker, je voulais être bien, heureux, jeune.

Je me souvenais enfin de ce que j'avais perdu avec les années. Mon idéal ! Quand je refusais d'écouter les hommes qui croyaient pouvoir m'enfoncer l'expérience à coups de marteau, les hommes qui ne s'estimaient que lorsqu'ils faisaient charité de leur expérience. J'étais jeune alors, fidèle, combatif, je regardais les montagnes ; je savais que l'expérience était à gagner, que la vie se chargeait de donner les conseils d'usage. L'expérience était à sentir, à souffrir, à aimer. Voilà ce que je pensais à vingt ans. Comme les ongles qui griffent pendant l'amour ou le goût salé des larmes après l'échec. Voilà ce que Thomas pensait de l'expérience. Trente ans déjà ! Et je ne reconnaissais pas le Thomas d'aujourd'hui, celui qui avait oublié qu'on rencontre son destin comme on a le coup de foudre. Trente ans déjà ! J'avais oublié.

J'avais fait fausse route.

Je buvais mon Johnnie Walker avec Gustav et Léa, je me regardais dans un miroir. Il n'était peut-être pas trop tard.

Je pensai à Léa.

Léa ! tu n'as jamais connu Thomas, le vrai Thomas. Regarde Gustav et Vera, j'étais comme eux avant.

Avant.

Thomas Morris semblait me regarder et je devinai son remords. Je devais lui répondre, le guider.

Eh oui ! cher Thomas ! tu n'as jamais été qu'un petit reporter, remplaçant jamais appelé lors des grands matches. Il suffisait d'une nuit, d'un Luna Park à Vienne. Tu as compris que tu vivais sans doute la première véritable aventure de ton existence. C'est ton voyage au long cours, ton apprentissage, la partition ! Thomas, tu n'y croyais plus à cette chance, tu as peur aujourd'hui ; c'est normal, tu ne sais plus comment réagir après la comédie des trente dernières années. A part quelques souvenirs, que te reste-t-il réellement ?

Thomas Morris en avait le souffle coupé. Il m'observait, je m'éloignais de lui. Je retrouvais la fougue de mes vingt ans. Ce soir, je comprenais. Je ne l'aimais plus et m'enfuyais de son corps. Je le remettais sérieusement en question.

Il avait épousé des faux-semblants, des trains de mensonges et des avions de trahisons au lieu d'aimer ses flagrants désirs. Apprenti Faust, il avait commis l'erreur d'aller et venir aux quatre coins de la terre où il n'avait rien découvert parce qu'il avait les yeux fermés.

Ces heures autrichiennes le ramenaient progressivement à la vie. Il allait à la rencontre d'un destin repoussé depuis trente ans et qui n'avait pourtant pas lâché prise.

Le jeune Thomas observait avec dégoût ce qu'il était devenu.

Un triste jour, découragé, souhaitant vivre décemment, trop effrayé à l'idée d'être plus longtemps considéré comme un marginal, rêvant d'une carrière, Thomas s'était dit : « Je suis né trop tard, le journalisme de cette fin de siècle ne me plaît pas. » Il avait cherché sa voie, s'était agrippé à ses derniers sursauts d'idéaliste, puis il avait cédé. Il avait eu si peur de la solitude et de l'échec qu'il avait abandonné le roman qu'il écrivait. Pauvre Thomas qui n'avait pas eu le cran de tout miser sur sa seule chance de caresser les étoiles. Un triste jour, découragé, il avait voulu changer pour les autres et se tailler un costume que le monde apprécierait. Cela naissait d'un bon sentiment, mais se mentir à lui, c'était mentir au monde entier. Impose ta chance ! Thomas n'avait pas écouté l'avertissement du poète. Un triste jour, découragé, Thomas s'était mis à promener des airs de grand journaliste, une figure d'important de l'information. Une couche de vernis, la magie opérait ! Tous s'imaginaient la vie trépidante qu'il devait mener, tous l'admiraient d'avoir si bien réussi. Les années aidant, Thomas s'était même persuadé qu'il ne vivait que pour ça. Pris au piège ! Toujours en avion, toujours parti, et des millions de rêves avortés dans les nuages de son talent galvaudé.

Il était une fois un triste jour. Découragé, un homme n'avait pas tenu ses promesses en se séparant de lui-même.

Il se regardait dans un miroir, à présent, dégoûté de comprendre ce qu'il était devenu. Un homme dont la vie n'était qu'un rêve d'enfant non réalisé. Une vie, rêve en fuite. Ah ! Quelle exaltation que l'admiration. Voilà l'erreur que venait de découvrir Thomas Morris en présence de Gustav et Vera, dans le caravansérail qu'était le Tomaselli de Salzbourg. Il ne suffisait pas de gagner sa vie pour la réussir !

Encore fallait-il être capable d'ignorer le risque d'épouser une passion. Thomas s'était enchaîné à la réussite, trente ans plus tard il découvrait qu'il avait fait fausse route.

Je buvais mon Johnnie Walker en écoutant Mahler. A cet instant, je regardai Thomas Morris qui m'avait quitté voici trente ans. Et je me sentis comme un fils déçu par un père aveuglé qui n'aurait jamais été qu'un commis voyageur.

Je buvais mon Johnnie Walker, je me sentais presque bien, heureux, jeune. J'avais envie de courir vers Léa. Je voulais lui avouer que j'avais trop joué les grands seigneurs, toréador charmeur esquivant la franchise, le temps était venu de se donner sans compter. J'avais des images de Paris, des pensées de retrouvailles, à en crier de joie, à en serrer Léa si fort contre moi que nous pourrions rattraper le temps perdu.

Je bus une dernière gorgée de Johnnie Walker. Il n'est pas trop tard, pensai-je.

— Il n'est pas trop tard, dis-je.

— Pardon ? demanda Vera.

Et j'adressai à Gustav et Vera un sourire de reconnaissance en plaçant un index sur mes lèvres. Je ne voulais que le silence, les yeux noirs de Vera et les mains de Michel-Ange, juste à écouter Mahler dans l'*Adagietto* du Tomaselli. Je me sentais faible, mais un sang neuf irriguait mon cerveau. Je me sentais et ressentais la vie.

Je ne redoutais qu'une chose, cet instant où Gustav et Vera se décideraient à quitter le Tomaselli, la minute où ils prendraient congé de moi en s'excusant encore de m'avoir dérangé. Vous ne me dérangez pas, si vous saviez ! Comme vous m'êtes précieux, comme je vous aime déjà ! J'avais envie de prononcer ces paroles avant qu'ils ne s'en aillent, et j'aurais payé cher de posséder ce charme qui paralyse les amis du bonheur d'être en votre compagnie. Ainsi, je me préparais moralement à voir leur beauté s'éclipser, leur ombre se profiler sur les façades de la rue des Juifs. Gustav pianotait sur la table et mon regard ne pouvait se détacher de ces mains qui mimaient un piano mélancolique et superbe de silence. Tout comme moi, Vera rejoignait Gustav. Ses yeux de nuit devinaient les blanches, les noires et les croches, les fa dièse et les bémols imaginaires, aucun accord n'échappait à son oreille de musicienne. Gustav avait les yeux clos. Avec douceur, comme si elle ne voulait pas déranger un récital de la plus haute importance, Vera me dit :

— C'est le *Concerto l'Empereur* !

Nous regardions, nous écoutions. Enfin Gustav s'arrêta, ouvrit ses yeux gris où se lisaient des orages de bonté, caressa la table avec un large sourire tandis que nous l'applaudissions.

— Nous retrouvons des amis à l'Hôtel des Hautes-Vagues. Vous pourriez dîner avec nous ! dit-il.

Je me retins d'avouer que j'avais prié qu'une telle chose se produisît. Je ne voulais plus être seul, je serais allé n'importe où pourvu qu'on ne se quitte pas.

— Cela nous ferait plaisir ! dit Vera.

— Alors, je ne résiste pas ! répondis-je.

Gustav claqua dans ses mains.

— Allons-y de ce pas ! dit-il.

Dehors tombait la neige. La fontaine Saint-Florian était déserte. Nous remontâmes la rue des Juifs jusqu'à la Mozartplatz. Nos trois ombres dansaient comme des spectres sur la pierre des maisons salzbourgeoises.

Sur la place, nous demeurâmes quelques minutes sous les flocons à fixer Mozart dans les yeux. Il n'y avait pas âme qui vive, je pensai à Léopold et Maria au sein de leur nouvelle solitude. J'entrepris d'aller leur dire bonsoir, mais je me trouvai devant une maison aux fenêtres éteintes. Je fis un clin d'œil à la Grande Ourse en pensant à Léopold qui poursuivait les étoiles, là-haut dans le grenier aux télescopes. L'idée que Franz passait sa première nuit en prison me glaça. Le pauvre devait se retourner sur son lit de fortune, sans cesse, seul dans une prison de Vienne, séparé de Vénus et torturé par l'insomnie. J'espérai que ses résolutions matinales ne s'évanouiraient pas aussi vite que le jour en hiver. Entre quatre murs d'une cellule...

Je revins vers la Volkswagen de Gustav et Vera. Ni lui ni elle ne me posèrent de questions sur la maison endormie que j'avais embrassée, paralysé, impuissant, juste à souhaiter de belles choses à travers le silence floconneux qui m'entourait. Leur discrétion me toucha.

Nous roulâmes jusqu'à l'Hôtel des Hautes-Vagues en écoutant le *Concerto l'Empereur*. C'était un air familier, un air de toujours qui semblait pourtant venir d'ailleurs. C'était une musique à vous faire renaître des souvenirs flous, d'une opacité si féerique qu'on avait envie de pleurer. Sans raison. Mais je voulais sourire à présent, être gai, honorer mes délicieux hôtes.

Nous avions la vie devant nous. Les phares de la Volkswagen balayaient la nuit de Salzbourg comme pour tromper l'attente du jour.

La vie devant nous, devant nos phares, évanescente...

« La vie est un don des peu nombreux aux nombreux, de ceux qui ont et qui savent, à ceux qui n'ont pas et qui ne savent pas » : Gustav et Vera me récitèrent en chœur ces mots que Modigliani écrivit sur un portrait de Lunia Czechowska, une amie qui chantait la *Traviata*. Nous évoquâmes Modigliani.

De l'artiste je n'avais qu'une image, photographie des années folles, Modigliani en prince des peintres à la beauté du diable, foulard autour du cou, amarré comme un navire piraté sur les pavés mouillés de Montparnasse. Son ombre sur les boulevards ! je l'imaginais majestueuse et désespérée sous la lueur verte des becs Auer. Nous connaissions, tous les trois, le tableau de Béatrice Hastings en « madame de Pompadour », sur fond de maison aux volets clos. Pourquoi sont-ils fermés ? m'étais-je souvent demandé. J'oubliais souvent, en effet, le décor d'une toile pour n'en conserver que les questions qu'elle m'avait inspirées.

Gustav stoppa la Volkswagen. Un néon clignotait, balise de détresse, espadon des villes sur une enseigne géante, clignotait : Hôtel des Hautes-Vagues... Hôtel des Hautes-Vagues... Hôtel des Hautes-Vagues... Néon bleu de mer, blanc d'écume.

Un homme nous accueillit derrière le bar de l'Hôtel des Hautes-Vagues. Sous un portrait de François-Joseph. C'était Hermann. Il faisait bon. La cheminée et sa flambée me donnèrent l'impression d'être en week-end avec Léa dans un manoir. Il ne manquait plus que Léa.

Hermann était le portier de nuit de l'Hôtel des Hautes-Vagues. Le propriétaire de l'hôtel ne vivait pas en Autriche ; il s'y rendait deux à trois fois par an, prenait les nouvelles, vérifiait les comptes, passait quelques nuits avec la femme de chambre, puis il repartait dans sa bicoque mexicaine adossée au flanc d'une famille de volcans éteints. Là-bas, il s'arrosait de tequila pour mieux coucher sur le papier ses fabuleux mémoires d'avocat célèbre. Quant au reste, il accordait sa confiance à Hermann, bras droit, bras gauche ! Alors, pendant que l'ex-avocat transpirait dans la lave mexicaine avec son alcool à rattraper les souvenirs en fuite, Hermann s'improvisait capitaine du navire.

Sympathique navire que l'Hôtel des Hautes-Vagues ! Au milieu des clients, dans un décor de tableaux, de rideaux de velours rouge et de ventilateurs aux hélices d'or, Hermann et sa femme Erika faisaient tourner le manège.

Hermann était cordial. Il lui arrivait de boire plus qu'il ne faut, ça n'allait cependant jamais plus loin que les mots. Il délirait, voilà tout ! Réaction commune, en vérité, à la plupart des hommes à l'alcool facile. Hermann s'ennuyait, buvant comme on allume une cigarette avant même d'en avoir éprouvé le besoin.

Aux jours d'ivresse de son mari, la transparente Erika se découvrait sous une lumière qui semblait éclairer une personnalité et une force peu communes. C'était irréel de la voir hisser les cent kilos et quelques grammes de whisky de son Hermann jusqu'au premier étage, avant de l'enfermer comme un enfant à double tour dans sa chambre. Son gamin de mari, comme elle disait, tambourinait derrière la porte, quelques minutes passaient en supplications diverses et on l'entendait ronfler comme un sonneur.

Gustav m'avait raconté cela en riant quand nous étions sortis de la Volkswagen. Il prétendait qu'Hermann était un bon bougre, un type charmant quand il s'appliquait, un peu grande gueule peut-être avec ses verres dans le nez, et puis chacun ses défauts ! On ne refait pas le monde ! avait-il ajouté.

Gustav et Vera avaient pris l'habitude de rejoindre l'Hôtel des Hautes-Vagues lors des festivals musicaux de Salzbourg. Hermann les recevait bien. L'hôtel garantissait un lit moelleux et une cuisine honnête.

Hermann nous offrit le verre de l'amitié. Nous trinquâmes à la vie, à l'amour et à François-Joseph qui nous fixait derrière le bar. Au piano, Erika jouait *Lili Marlène*. Tout cela était fort sympathique, un peu désuet, et la vie était belle finalement. Amusée,

Vera observait les grimaces de son frère. Elle me chuchota en pouffant que Gustav ne s'habituerait jamais aux accords impossibles d'Erika. C'est physique ! disait-il toujours. A la longue, bon prince, Gustav faisait mine d'apprécier la virtuosité de cette interprétation. Entre deux notes, Erika reconnaissait l'œil admiratif de Gustav et pianotait de plus belle afin d'impressionner le connaisseur qui l'écoutait si religieusement. Gustav avait inventé un système lui permettant de supporter le massacre de *Lili Marlène* : il plaçait sa tête entre ses poings, masquait ainsi les deux pouces qui lui bouchaient les oreilles, un sourire renforçait l'illusion de l'extrême concentration, le tour était joué !

Un groupe d'hommes et de femmes s'approcha à pas de loup. Gustav et Vera leur tournaient le dos. Une des femmes, qui semblait sculptée dans la cellulite, appliqua ses mains aux doigts boudinés sur les yeux de Gustav et lui parla à l'oreille.

— Miss Stella ! s'écria-t-il.

— Mon beau Gustav ! dit-elle, mon petit Gustav génial, je suis si contente de vous revoir !

Et Miss Stella entraîna Gustav à danser le tango sur *Lili Marlène* en laissant éclater sa joie de retrouver son pianiste préféré après Rubinstein. Habituée à ces retrouvailles théâtrales, Erika s'efforça d'imprimer un rythme plus tango à *Lili Marlène*.

Le spectacle de cette fête impromptue me ravissait.

Et nous accompagnâmes les contorsions de nos danseurs en chaloupant des reins comme des pingouins ivres. C'était joyeux, passionné, naturel, la belle vie. L'Hôtel des Hautes-Vagues m'apparut comme la voie accédant au royaume des « sans soucis ». La vie était douce, entraînante comme un tango. Les amis de Gustav et Vera me remplissaient d'allégresse. Roberto, Lydia, Paul de Lavi, Anna, Miss Stella ! Les heures passaient qui les soulevaient du sol. Le plus beau des sourires, celui qui marque un visage d'éternité, vivait dans leurs yeux, à leurs lèvres, à leurs dents qui étincelaient et ne craignaient pas de mordre la poussière.

Comprenez-moi ! Après m'être perdu dans un pays inconnu, après le miroir du Tomaselli, maintenant que quelque chose allait enfin m'arriver, je désirais me laisser aller vers mon destin, mon voyage. La musique et la joie aiguisaient le regard neuf que je promenais sur les êtres.

Gustav, Vera, Roberto, Lydia, Paul de Lavi, Anna, Miss Stella. Ils inspiraient la confiance, invitaient à la danse. Et nous chaloupions comme des pingouins ivres. Cette horde de bienheureux m'emportait dans un tourbillon où s'effaçait la peur du vide. Je n'étais plus seul, je ne voulais plus jamais l'être.

Ces femmes, ces hommes ! C'est avec eux que je continuerais mon apprentissage.

— A vous tous ! A la vie qui est sublime !

Je n'avais pu réprimer ma joie. Je sentis les larmes cogner à mes paupières. Vera me serra contre elle et son regard noir explosa dans ma tête. Elle se tourna vers les autres.

— Voici Thomas ! dit-elle.

Ils me saluèrent, Miss Stella s'approcha.

— M'accorderez-vous cette danse ?

Erika enchaîna sur un swing endiablé où j'eus peine à suivre le rythme de Miss Stella dont la souplesse et l'agilité contrastaient avec son physique de mama américaine. J'étais, de plus, piètre cavalier.

— A la santé des danseurs ! lança Hermann avant d'avaler une gorgée de gin.

Le groupe nous avait rejoints. Gustav enlaçait Lydia, Roberto s'agrippait aux épaules de Paul de Lavi pris d'une crise de fou rire, Anna charmait Elsa, tout à fait collée contre le corps de la jeune femme de chambre. Leur façon de danser, très coulée, langoureuse malgré le tempo du swing, me fit penser à la rencontre de deux nymphes égarées. Un vent de sensualité leur insufflait tous les désirs. Anna, féminité et plénitude, à l'âge où les femmes ne seront jamais aussi belles. Elsa, naïve et juvénile, avec l'insolence irrésistible de ses timides dix-huit ans. C'était une fleur qui s'ouvre et le ciel qui la protège ! Cette pensée m'apparaissait aussi nette que dans un microscope. Les cheveux courts d'Elsa n'attendaient que d'être ébouriffés, décoiffés par le cyclone des secrets d'Anna. Elles se complétaient à merveille, tandis que j'essayais de ne pas décevoir Miss Stella qui pensait que j'étais Fred Astaire. Je croisai le regard d'Elsa, j'y lus la naissance d'une fête des sens.

Elsa ! petite Elsa, pensai-je en devinant l'espoir dans ses yeux pailletés or. Je sais ta peur des hommes, le traumatisme des assauts trop violents d'un amant qui revenait du Mexique, trois fois par an, après les comptes, après l'alcool avec Hermann. Je sais maintenant ton ventre réchauffé contre une femme qui est tendre avec toi. Console-toi, retrouve le goût de vivre, tu es si jeune, tu vas grandir et les hommes te respecteront. L'homme du Mexique ne te mérite pas. Un jour, tu quitteras l'Hôtel des Hautes-Vagues, adieu Hermann, adieu Erika ! il y aura du soleil et tu rencontreras le hasard qui aura les gestes qu'il faut. Danse avec Anna, console-toi Elsa, tu es faite pour l'air libre et la lumière.

Miss Stella m'emportait, j'étais cramponné avec cette lettre silencieuse adressée à l'enfant que je n'avais pas.

Avec Léa, nous en avions parlé comme les gens qui se promettent de gagner des millions au casino.

Cette nuit, sous les ventilateurs aux hélices d'or, enlevé dans le swing de Miss Stella, je me surpris à désirer cet enfant. La porte de l'Hôtel des Hautes-Vagues aurait laissé venir le froid, Léa serait entrée en refermant l'hiver derrière elle, nous aurions fait l'amour, pendant qu'Elsa dansait, pendant que nos amis goûtaient au bonheur. Et nous aurions eu un enfant, un automne à Paris, après des jours d'attente, de plaisir, d'impatience.

La porte de l'Hôtel des Hautes-Vagues laissa entrer le froid. Ce n'était pas Léa.

Un couple venait de pénétrer dans le hall. Hermann fit un signe à Elsa qui dut s'interrompre et conduire les nouveaux venus à leur table.

Petit et chauve, l'homme avait un visage ovale aux orbites enfoncées, de grosses lunettes en écaille lui masquaient trois quarts de face. Lui donnant dans les cinquante ans, j'accordai la trentaine à sa compagne. Talons aiguille, fourreau de satin fuschia, visage fardé comme une palette de Picasso ! Sa peau avait pris les couleurs de l'arc-en-ciel, et sa chevelure artificielle, roux fluo à force de camomille ozonifiée, n'était pas du meilleur effet. Aux petits soins, le nain chauve suivait sa conquête comme une ombre.

Indiscrétion. J'avais ce défaut que caractérisait une minutieuse observation des gens, je les dévisageais, si bien qu'il m'arrivait de forcer naturellement leur intimité, inventant à leur insu des histoires parfois moqueuses, souvent ironiques, gentilles malgré tout. C'était un jeu !

En l'occurrence, j'avais décidé qu'il s'agissait d'un crapaud mort d'amour pour une esthéticienne dont l'abus de poudre et autres psschitt-psschitt de laque parfumée confinait à l'overdose ! Arme idéale, il est vrai, puisqu'il ne restait plus qu'à s'emparer de sa victime abrutie de cosmétiques. Pourvu qu'on ait l'élan, l'amoureux avait eu son baptême du parfum ! Le reste était affaire d'accoutumance. Je remarquai d'ailleurs le tic inhérent à ce type de dépendance : le nain chauve baisait avec régularité les doigts vernis, accordés aux tentures écarlates des Hautes-Vagues, de sa Mata-Hari, laquelle semblait l'hypnotiser en battant des cils comme Betty Boop.

Le nain chauve remarqua que je suivais leurs roucoulades car il toussa un coup, rougit comme un feu stop, se caressa le crâne, abandonna les mains de Betty Boop et se saisit du menu que leur tendait Elsa, penchée sur leur table en une posture gracieuse et délicieusement provocante.

Les autres dansaient toujours. Vera s'occupait du piano. *Georgia* ! Toute une époque revivait. Miss Stella se tenait contre moi, tête reposée sur mon épaule, plus calme qu'au temps du swing d'Erika, elle rêvait de je ne sais quoi. Gustav ondulait contre Anna en mimant l'extase, Lydia conversait avec Paul de Lavi pendant que Roberto, son fiancé, se concentrait pour ne pas sentir Erika qui lui meurtrissait les orteils. Elsa prenait son service. Dans un coin du bar, comme assoiffé, Hermann célébrait les vertus du gin. C'était un vrai tournage de film, au ralenti, à l'euphorie, *Dolce Vita* façon autrichienne. Je profitais de ce drapeau blanc dans la bataille de mes sentiments et j'assurais la confiance que le destin m'avait redonnée en plaçant Gustav et Vera sur ma partition.

Je pensai que nous étions réunis tels des amis de longue date. Que demander de plus ? La vie était si douce. Il ne manquait que Léa. Demain, nous nous retrouverions. C'était tout proche, demain…

— A table, les enfants !

Hermann avait crié si soudainement que Vera en avait laissé retomber le couvercle du piano sur ses doigts. Le portier de nuit claqua dans ses mains, ses yeux brillèrent des premiers éclats de l'ivresse.

Et nous nous installâmes autour de la table ronde qu'Elsa avait dressée près de la cheminée. Je regardai Lydia, Roberto, Anna, Paul de Lavi, Miss Stella, Gustav et Vera, avec cette pensée que l'hiver donne de l'appétit.

Le feu de bois était notre soleil de janvier.

La joute des flammes dans la cheminée me fascinait. Dès qu'il donnait des signes d'extinction, Elsa alimentait le feu avec des bûches de sapin qui s'embrasaient aussitôt dans un crépitement de bois sec. Alors, je fermais les yeux, j'imaginais l'Enfer qui m'appelait, j'avais chaud, ça me détendait, c'était agréable l'Enfer !

J'ouvrais les yeux, nous étions réunis ! L'horloge du bar indiquait onze heures. Il n'y avait pas eu de clients cette nuit, hormis le couple victime de mes taquineries pensives qui venait de régler l'addition dans l'impatience de s'en aller savourer les plaisirs d'une nuit horizontale. Les vrais clients arriveraient le lendemain, portée de mélomanes, jour d'ouverture du festival Mozart.

Elsa débarrassait la table, Hermann préparait les cafés en fredonnant un air militaire couvert par Erika qui s'obstinait à faire tinter nos oreilles avec son demi-queue. Elle n'avait que très peu bu, mais son nez était éclarlate tandis que ses joues s'enflammaient un peu plus à chaque mesure. Je pensai qu'Erika fut certainement une très belle femme et ses cheveux argentés lui conféraient un air distingué. Il y avait comme un éclair permanent dans ses yeux bleu pâle et je ne pouvais m'empêcher de lui construire un destin riche en couleurs. C'était inexplicable, juste un pressentiment, je l'observais derrière son piano et son énergie m'impressionnait.

Nous avions bien dîné. Le canard rôti avait reçu les honneurs de notre faim de loup, le Heuriger enivrait juste comme il faut. Elsa s'enquérait régulièrement de nos désirs. Nous étions de très bonne humeur. Les amis de Gustav et Vera m'avaient entretenu de leurs destinées. Ils apprécièrent beaucoup le moment où je jurai que ma vie avait réellement commencé la veille, en gare de Vienne.

La partition devait s'écrire.

Nous avions parlé de musique, de hasard, d'injustice et d'espoir. Il fut entendu que nous étions heureux puisque la vie nous souriait, nous éclaboussait, nous jouait quelques tours et croisait nos destins. Et nos petits bouts d'existence valaient bien le plus beau roman. Le passé de mes amis, par exemple, était fort singulier, entrelacs de passions et d'aventures. Un vrai passé à la couleur du diamant, 50° à l'ombre, une armada de Surcouf et de Cendrillon à l'assaut de l'ennui.

Je retrouvais la fougue de mes vingt ans, je vivais enfin le voyage, quelque chose allait m'arriver, mon imagination se rattrapait. Quelques heures plus tôt, je me regardais dans le miroir du Tomaselli et j'avais décidé de quitter la peau d'un traître, alors je me sentais héros parmi les héros et j'éprouvais le besoin d'écrire le roman de notre épopée. Il y avait les rideaux de velours rouge qui devenaient ceux d'un théâtre, et les flammes dans la cheminée étaient des feux follets balisant la piste de décollage de nos destins d'Icare. Je voyais les événements avec les yeux du poète, j'embellissais, j'enjolivais, mais la vie en fin de compte n'était rien d'autre que cela, la vérité derrière les paillettes ! Des tonnes de sourires à adoucir les plus tenaces mélancolies, des océans de romantisme et de lyrisme à faire pleurer un roc.

Imaginez-vous ! Roberto l'artiste, Lydia la cantatrice, Paul de Lavi l'aventurier fou d'Anna, Miss Stella d'Hollywood ! Dans la flibuste des sentiments, ils étaient poussières de fièvre en équilibre sur une couche d'atmosphère.

Comprenez-moi ! Le voyage, la fatigue, la partition qui s'écrivait et la douce sensation du Heuriger qui coulait dans mes veines.

Il était une fois Anna et les monastères de Grèce. Elle les avait tous visités en vue d'une thèse sur l'état d'esprit des moines face au laisser-aller des touristes. Au Mont-Athos, elle vit un homme mal rasé, penché à sa fenêtre en plein soleil grec, qui n'était autre que Paul de Lavi ! Ex-prince, aventurier par défi, ruiné par folie, moine par ennui, Paul de Lavi rencontra les yeux d'Anna et ce fut comme si un Dieu lui ouvrait les bras dans une lumière de fin du monde. A la vitesse d'une flèche décochée par le plus adroit des derniers Indiens, Paul de Lavi bascula de sa citadelle et balança dans la nature son costume monacal, avant de s'élancer à perdre haleine et à moitié nu vers l'apparition divine en jupe ample et carnet de notes à spirale. Coup de sirocco, les dés étaient jetés ! Comment Anna aurait-elle pu éviter la fulgurance d'un tel hasard ? Aucune femme au monde, à dire vrai, n'aurait pu résister à un moine descendu du ciel à moitié nu ! Le visage marqué des quelques belles cicatrices de l'aventure, des yeux qui étaient la réplique exacte de la mer des Bermudes. La nature avait gâté Paul de Lavi.

Notre ami avait eu des séjours au Sahara, des exils à Tanger, des trafics en Colombie, des affaires à Miami, un trois-mâts dans l'Égée, une île déserte en Polynésie, et des femmes dans chaque port, sauf à Marseille, qui le laissait de marbre. Sauvage pétri de bonnes manières, bandit sympathique, cheveux taillés au coupe-coupe, son visage où passaient les ombres du globe terrestre imposait le respect. Paul était le type d'homme avec lequel on ne s'ennuie pas un quart de seconde.

Éprise, Anna avait tout plaqué afin qu'il lui donnât son baptême du monde. Il l'inonda de bonheur, l'aveugla de sensations, la trompa bien entendu, tous les bromures n'auraient rien pu y faire. Mais il l'aima comme jamais homme ne le fit. Elle oubliait les autres femmes, Anna, puisque Paul revenait toujours. Je t'ai dans la peau, mon aigue-marine ! disait-il au retour de ses bordées. Et il baisait le corps de madone en récitant des vers de Saint-John Perse.

C'est en descendant les rapides du Colorado, quelques années plus tard, qu'Anna et Paul de Lavi rencontrèrent Roberto. Pris dans les remous, il venait de se fracasser le nez contre un rocher, le courant avait emporté son embarcation et l'infortuné n'avait eu que le temps de rejoindre la rive dans un élan miraculeux de survie. Paul de Lavi avait lancé une corde au naufragé, sauvetage in extremis, slalom, vacarme des rapides, ordres de Paul et cris d'Anna, silence, calme plat. Sauvés ! Le meilleur moyen de se faire de vrais amis.

Roberto avait invité ses sauveurs à Rome. Roberto, « Il Caravagio » du XXe siècle, pensionnaire à la Villa Médicis. Anna et Paul étaient restés pantelants devant le réalisme, jeu subtil des ombres et lumières, des tableaux du jeune artiste.

Désireux de remercier ses nouveaux amis, « Il Caravagio » avait décidé de prendre son Alfa Romeo et de les emmener en Toscane avec Lydia.

Lydia ! Chanteuse d'opéra, Italienne farouche aux yeux battus des nuits chaudes, Lydia était la dernière conquête du beau Roberto. Il l'avait découverte dans le plus simple appareil : la « ragazza » posait dans une Académie de Florence et le peintre avait cru défaillir en retenant sa respiration à la vue de cette merveille offerte aux yeux de l'art. Comme invisible, il s'était approché d'elle, avait tenté de l'esquisser, de l'esquiver, peine perdue. Roberto avait tout de suite compris que ce serait elle ou le plongeon du Rialto dans le Grand Canal, une pierre attachée aux chevilles. Ainsi, le soir même, ils étaient fiancés. Roberto réalisa des chefs-d'œuvre de couleurs, à tel point que le Titien en aurait frémi ; Lydia devint une étoile de la Scala, et Verdi, quelque part dans son paradis, avait dû pleurer d'amour pour Violetta. Pendant trente ans la dérive des saisons avait préparé leur lune de miel. Trente ans ! « Il Caravagio » et la plantureuse cantatrice s'étaient promis monts et merveilles.

Dans l'Alfa Romeo qui tenait le cap sur la Toscane, bolide rouge et vif glissant dans le soleil couchant, Lydia et Roberto avaient appris des chansons de Massimo Ranieri à Paul de Lavi et Anna. Enfin, tous les quatre, ils avaient vu les flammes au loin et cette épaisse fumée qui noircissait l'horizon.

C'est sur la route que se sont toujours nouées les amitiés. Le voyage n'a jamais été qu'une invention pour les rencontres. Sinon, à quoi bon ?

Une vieille Jaguar en flammes, couchée dans le

fossé comme un animal à bout de souffle, et une grosse dame échevelée qui humait l'air comme si elle pouvait découvrir dans la direction du vent une solution à son problème. Ce fut précisément la première image de Miss Stella qu'eurent les occupants de l'Alfa Romeo en arrivant sur les lieux de l'incendie. Maquillage de suie et toilette froissée, Miss Stella n'avait pas une égratignure. « Dommage, c'était une sacrée voiture ! » Ce furent, à peu de chose près, les premiers mots qu'elle prononça sur un ton rieur qui, d'emblée, subjugua les quatre amis.

Cet humour, cette désinvolture, et sa façon de tenir son fume-cigarette en ivoire ! Voilà une singulière attitude pour qui venait d'échapper à la mort. Miss Stella n'était pas ordinaire. Selon ses principes, rouler à tombeau ouvert impliquait que l'on acceptât les règles du jeu : l'accident était une clause du contrat.

Miss Stella ! Star des temps hollywoodiens, joueuse internationale, elle traversait la vie de casino en casino, ni homme ni toit ne l'attendaient. Miss Stella ne connaissait pas la Toscane ? Soit ! Adieu la Jaguar, et ils s'étaient serrés dans l'Alfa.

Peut-être avais-je un peu trop bu de Johnnie Walker ou de Heuriger ? Cependant, cette nuit, j'avais envie de croire à des histoires formidables. Dans mon roman de l'Hôtel des Hautes-Vagues, un personnage me passionnait tout particulièrement.

Miss Stella à Hollywood !

C'était il y a des années, une femme qui s'appelait Stella. Belle, désirable, parmi les nuées de séducteurs gominés droit sortis des films de Hawks. Miss Stella et les nababs de Beverly Hills. Le rêve devrait s'éteindre, un jour ou l'autre. Les sunlights aveuglaient tant de stars que Miss Stella n'aurait pas supporté l'idée d'endurer les sacrifices d'une Marylin. Et un matin le rêve s'éteignit, l'alcool, les piscines des producteurs et les cocktails, l'effet n'opérait plus. Un matin, son milliardaire de mari, deux fois et demie plus âgé qu'elle, quitta la terre des hommes. Un matin, Miss Stella brûla la villa. Good Bye Hollywood ! Avec ses millions de dollars, elle fit le tour du monde, de casino en casino, de palace en palace, seule au cœur des nuits sans sommeil, empoisonnée par la fièvre du jeu, avec une infinie soif d'oublier et un insatiable désir de se perdre. Tricheuse au poker, ponte au baccara, suicidaire à la roulette à coups de mises sans cesse grandissantes, à l'image de son chagrin, Miss Stella avait commencé de creuser sa tombe, entre le casino et l'hôtel du casino.

Et Gustav la sauva. Une nuit, à Monte-Carlo, il avait joué le *Concerto l'Empereur* et elle avait retrouvé sa raison de vivre. De cette nuit, Miss Stella ne mit plus les pieds dans une salle de jeux. Sa fièvre était tombée aussi vite que j'avais quitté le traître en moi au purgatoire du Tomaselli.

C'était il y a quelques années, une femme qui s'appelait Stella, Miss Stella. De son inconscience face à la mort, elle n'avait gardé que la passion de la vitesse au volant de puissantes anglaises. Après la révélation de Monte-Carlo, Miss Stella suivit les tournées de Gustav et Vera, devint leur admiratrice et consacra ses heures libres à écrire des biographies de compositeurs. Son talent fut reconnu, le milieu littéraire lui décerna quantité de prix qui la consacrèrent.

N'était-ce pas un beau roman que celui des Hautes-Vagues ? Sans doute étais-je un peu halluciné ou trop sensible, mais voilà la vérité ! C'est ainsi que j'avais imaginé Paul de Lavi et Anna, Roberto et Lydia, Gustav, Vera et Miss Stella pendant qu'ils me racontaient leur vie. Et tant pis si j'avais rajouté des palmiers et des allées de sable blanc. N'importe, la partition devait s'écrire.

Comprenez-moi : la fougue de mes vingt ans, le Johnnie Walker et le Heuriger, ce qui devrait enfin m'arriver et la joie de retrouver Léa le lendemain avec un sourire qu'elle ne connaissait pas encore. Oui ! je voyais la vie comme à travers un filtre qui me procurait l'illusion d'un éternel beau temps.

N'avez-vous donc jamais ressenti le soleil en vous ? A tel point que les rayons éblouissants de votre imagination vous poussent à croire que le moindre de vos gestes deviendra un épisode de l'histoire mondiale. Rappelez-vous ! Il faisait bon dans le salon de l'Hôtel des Hautes-Vagues, nous étions de bonne humeur, et j'avais pris la résolution de me laisser aller vers mon destin.

Erika jouait du piano et je souriais à l'éclair fascinant de ses yeux bleu pâle. Hermann nous porta le plateau des cafés. Nous l'invitâmes à s'asseoir, car Gustav devait nous jouer le *Concerto l'Empereur*. Je me réjouissais d'avance à l'idée de voir naître la musique sous les doigts de Michel-Ange.

Hermann s'installa à notre table. Il paraissait irrité, marmonnant des injures. Un problème d'addition, semblait-il, avec la table du nain chauve et de la rousse fluorescente. Elsa n'y avait pas porté attention : le nain chauve avait oublié de signer son chèque. Je regardais Elsa qui n'osait pas soutenir le regard d'Hermann. C'est en ouvrant sa caisse que ce dernier avait remarqué le fait, mais il était déjà trop tard. J'entendais la voix hésitante d'Elsa qui se confondait en excuses, précisant dans le même temps qu'une telle chose ne s'était encore jamais produite. Hermann n'écoutait pas. Anna fit les yeux doux à Elsa tandis que Paul de Lavi ajoutait qu'il n'y aurait qu'à retourner le chèque au tireur afin qu'il y appose sa signature. Chacun son tour, nous rassurions Hermann. Somme toute, nous pensions qu'il n'y avait là rien de dramatique. Je comprenais la réaction d'Hermann en tant que capitaine des Hautes-Vagues, pourtant je pensais qu'on ne pouvait se gâcher l'existence à cause d'un événement aussi futile que réversible. Gustav interpréterait le *Concerto l'Empereur* et nous serions de bonne humeur.

Il n'avait cure, Hermann, du concert de Gustav. La pensée de l'incident l'occupait tout entier. Il regardait Elsa. Elsa tremblait. Je regardais Hermann. Il y avait dans ses yeux comme une résolution à souffler des tempêtes qui décoifferaient le monde. Et ce fut Vera qui mit le feu aux poudres en émettant l'avis que le nain chauve n'avait pas l'air malhonnête. « Ça arrive à tout le monde », précisa-t-elle. Sans le vouloir, elle libéra la pensée furieuse d'Hermann. Je lus l'inquiétude dans le regard bleu pâle d'Erika alors que son mari prenait la parole.

— Lévi ! dit-il.

— Comment ? demanda Vera.

— Lévi ! un juif, Vera ! Un salaud de juif ! dit-il.

Je sursautai et remarquai les joues de Vera qui s'enflammaient. Elle posa une main sur mon genou et l'autre sur la jambe de son frère. A présent, j'avais peur des crépitements du bois sec dans la cheminée. Mon équilibre retrouvé ! Je le sentais vaciller comme la lueur d'une bougie. Une seule lumière vous protège de l'obscurité, son intensité s'amenuise, c'est l'épée de Damoclès, près du noir total, à un souffle de la mort. *Salaud de juif !* Comme si l'hiver autrichien se collait à notre peau et gelait notre sang. Imaginez ! La vie était si douce. Et je priai, priai très fort afin que Mathias n'entende rien de cela. Mathias, mon ami de Tel-Aviv, seul rescapé d'une famille déportée. Mathias et sa mémoire d'horreur.

Salaud de juif ! Hermann venait de blasphémer, les idées se mélangeaient dans ma tête. Et je cherchais vainement l'éclair des yeux bleu pâle d'Erika ; corps renversé sur son piano, elle ne m'offrait plus que les éclats argentés de sa chevelure. Elle jouait doucement, très lentement, et ses doigts étaient lourds sur l'ivoire des touches noires et blanches du demi-queue. Il y avait ce piano soudainement lancinant, l'ivoire et le bois, il y avait cette femme penchée en avant, et je ne pus m'empêcher de penser qu'Erika luttait contre une fatalité, contre elle-même, s'efforçant peut-être d'ignorer les mots que son mari venait de prononcer. C'était comme si elle voulait se rendre invisible en retenant une force insoupçonnable qui aurait pu nous réconforter et nous éviter d'aller plus loin.

J'observai Paul de Lavi et Anna, Roberto et Lydia, Miss Stella, Elsa, Gustav et Vera. Interloqués, ne sachant qu'en penser, nous reprenions nos esprits. *Salaud de juif !* Fausse note sur la partition qui s'écrivait. Dans ma tête, c'était comme un manège. Léa, le *Mozart Express*, mon cauchemar, Vienne, Franz, Stefania, Léopold et Maria ! Une roue tournait, un manège s'ébranlait, amorçait une circonvolution. Je fixais le plafond de l'hôtel, les hélices d'or des ventilateurs, la tête me tournait. La griserie de l'alcool s'estompait, onze heures et demie, la douleur se mélangeait au Heuriger. *Salaud de juif !* Je fermai les yeux. Et dans la nuit de mon esprit, ça devenait comme un train fantôme de spectres entassés qui crèveraient nos tympans des hurlements de la torture, comme un wagon de souvenirs atroces prêt à nous écraser le cœur.

La fatigue me rendait susceptible, la sensibilité à fleur de peau. *Salaud de juif !* Le même effet qu'une gifle après des millions de caresses.

J'ouvris les yeux. Je devais me raisonner. Hermann avait trop bu, c'étaient des mots en l'air, vocabulaire de l'ivresse, effets de l'alcool qui rend parfois les hommes stupides et pitoyables. J'avais prêté trop d'attention aux paroles d'un ivrogne. Un « bon bougre », m'avait déclaré Gustav. J'avais confiance en lui. Je devais ignorer ces mots, oublier le regard d'Hermann, j'en étais capable. Je me rassurai en pensant que Mathias aurait choisi l'indifférence. L'alcool déliait les langues, mais le monde ne s'écroulerait pas si facilement. Je voulais préserver la douceur de cette soirée. Gustav jouerait le *Concerto l'Empereur* et nous serions de bonne humeur.

J'adressai un sourire à Hermann, lequel semblait plongé dans un état léthargique, puis reversai du café dans nos tasses. Je fis un clin d'œil à Gustav. Son visage s'éclaira. Erika égrenait des notes sur le piano, un air plus détendu, comme un souffle de vent frais. Son visage se releva, je reçus à nouveau l'éclair bleu pâle de son regard et pensai qu'elle était la reine fidèle d'un homme sans dignité.

Je regardai mes amis. Ils me regardèrent. Chacun son tour, on se rassura. *Cheek to cheek* au piano, éclats argentés des cheveux d'Erika, comme un soleil de platine dans un ciel bleu marine. L'orage était passé.

— Falcon's Lair, Beverly Hills ! s'exclama Miss Stella à qui Elsa venait de poser une question sur son passé américain.

— Qu'est-ce que c'est ? demanda Elsa.

— C'est là-bas que j'ai rencontré Rudolph !

— Rudolph ?

— Rudolph Valentino !

— Valentino... répéta Elsa en se mordant les lèvres.

— Oui, exquise Elsa, VA-LEN-TI-NO... Avec ses yeux blancs qui roulent et les femmes s'évanouissent et l'orchestre pleure des violons.

— Vous l'aimiez ?

— Toutes les femmes étaient folles de Rudolph. Il était IR-RÉSISTIBLE...

— Vous a-t-il demandée en mariage, Miss Stella ?

Miss Stella éclata de rire. Touchée par la naïveté d'Elsa, elle balaya la mèche blanche qui tombait sur son front et déclara :

— Vous êtes trop mignonne. Il y avait cinq cents personnes, ce soir-là, à Falcon's Lair ! Comment m'aurait-il remarquée dans cette véritable colonie de fourmis ? Et si c'était arrivé, encore eût-il fallu que je sois son type de femme. J'étais déjà un peu trop ronde, je crois...

Et elle adressa un regard très doux à Elsa.

— C'est dommage, tout de même, souffla-t-elle.

— Oui, c'est dommage, répondit Elsa, l'air triste.

Elles se turent et j'allumai une cigarette. Derrière le bar, François-Joseph semblait veiller sur les Hautes-Vagues. Visage impassible, front haut et lisse, regard de conquête, autoritaire puis libéral après la Lombardie perdue, empereur d'Autriche et roi de Hongrie, François-Joseph arborait d'interminables moustaches tout à fait impressionnantes. Le monarque n'était plus qu'un tableau, pourtant il vivait encore, au-delà de son cadre. Ses yeux fixaient un point connu de lui seul, horizon secret, très loin. Seule la fantaisie de ses moustaches tempérait la sévérité du visage, créant l'illusion d'une présence, comme s'il allait nous dire quelque chose. Plus vrai que nature, François-Joseph était maître des lieux.

— Pas ordinaire cet homme, n'est-ce pas ? me dit Roberto.

— J'aime ce portrait, dis-je.

— Il appartient à la famille des Hautes-Vagues, à présent...

— C'est comme un ami ! confia Anna.

— Et quelles moustaches admirables ! ajouta Lydia.

— Oui... Les moustaches... dis-je.

L'empereur exerçait une fascination sur chacun de nous. Tous, nous avions la tête tournée vers le bar. Nous fixions François-Joseph comme s'il allait venir nous serrer la main. Hermann grogna, frappa du poing la table, nous décocha un regard jaloux, puis se dirigea vers le monarque. Arrivé au bar, il décrocha le cadre et le jeta au sol.

— *Aufwiedersehen,* François-Joseph ! s'exclama-t-il.

Gustav s'était levé.

— Que faites-vous ?

Hermann ne répondit pas. Entendait-il seulement ? Erika quitta le piano et s'approcha de son mari en le fixant gentiment de son regard bleu pâle.

— Mon chéri, sois raisonnable, dit-elle.

— Retourne à ton piano, lui répondit Hermann.

— Je vais te jouer *I got a woman.*

— Je m'en fous de Ray Charles.

Erika lui lança un ultime regard bleu pâle, comme une prière, avant de retourner en silence à son demi-queue.

Il y avait un piano, ivoire et bois, il y avait une femme, effacée et résignée. « Sois raisonnable ! » J'eus l'impression qu'il n'existait plus d'autres mots que ceux-ci dans leurs conversations. C'était comme un code, comme un accord. Erika égrena les premières mesures de *I got a woman.* C'était triste, d'ailleurs, Ray Charles sans la voix. J'écoutais la mélodie, je devinais le pouvoir d'Erika, ce mélange de calme et d'énergie, son passé riche en couleurs dans la boule de cristal de mes suppositions, mais je ne saisissais pas les motifs qui la forçaient à retenir cette force évidente qu'on voyait quelquefois briller dans ses yeux et onduler en éclats argentés dans sa chevelure. Sans me l'expliquer, cette réserve et la passivité qu'elle affectait m'apparaissaient comme les seuls gestes d'amour qu'elle pût encore exécuter à l'intention d'Hermann. Telle une reine sacrifiée à un homme qui ne fut jamais roi, Erika semblait s'être dépossédée d'une richesse intérieure afin qu'Hermann se sentît enfin grand. Oui ! Elle était forte, lui tellement faible. J'écoutais *I got a woman* et je pensais à cela, à cette incroyable et muette relation qu'ils entretenaient. Erika était comme un médecin qui approuverait son malade en l'entendant déclarer que le Palais des Doges se dresse à Washington. Soumise, elle ne voulait pas contrarier Hermann, comme si elle attendait quelque chose, un silence ou une guérison.

Guérir de quoi ? Je ne connaissais pas la réponse. *I got a woman.* Prisonnière de l'ivoire et du bois, Erika paraissait souffrir de ce qu'Hermann utilisât ainsi la liberté qu'elle lui offrait en s'effaçant. Figurante volontaire, elle songeait probablement à un rôle plus conséquent.

Pourtant je pressentais qu'Erika ne tenterait rien contre son mari. Chaque minute qui coulait vers minuit la rendait plus transparente encore, éteignant même l'éclair bleu pâle de son regard. Croyez-moi ! Le Johnnie Walker, le Heuriger, l'effet s'estompait ! J'étais mal à l'aise, à présent, partagé entre mon envie de bonheur et mes pressentiments du *Mozart Express*. La fatigue me rongeait, Hermann avait le champ libre. Il s'obstinerait à briser la quiétude de notre soirée qui avait si bien commencé.

J'étais mal à l'aise, mal assis, la fatigue me rongeait, pesait sur mes paupières, minuit, frontière du noir, Hermann avait balancé le cadre de l'empereur par-dessus le comptoir, François-Joseph gisait devant le bar, presque à nos pieds, détrôné par un homme qui n'avait pas envie de s'amuser avec nous, ni d'écouter Gustav jouer le *Concerto l'Empereur*.

Nous étions tristes, comme un lendemain de fête, au petit jour, avec les yeux qui piquent et la gorge qui brûle, après des heures et des heures à chanter et fumer dans un dancing.

Accoudé au bar, Hermann donna un coup de pied à François-Joseph qui glissa contre ma chaise. Il désigna l'emplacement vide derrière le bar :

— On y accrochera Hitler, dit-il, dès demain matin.

— Vous le trouvez photogénique ? demanda Paul de Lavi.

— J'ai un très beau portrait de lui, répondit Hermann.

— Eh bien, je pense que nous devrions nous coucher, avança Paul de Lavi.

Roberto ajouta qu'il n'était pas l'heure de parler d'Hitler, qu'il ne serait d'ailleurs plus jamais l'heure d'en parler. Gustav se racla la gorge et s'approcha d'Hermann qui avalait une gorgée de gin.

— Nous allons tous bien dormir, nous sommes fatigués. Et demain matin, on pourra retrouver notre ami François-Joseph. D'accord ?

— Pas question, Gustav, c'est fini François-Joseph. C'est moi le responsable des Hautes-Vagues... c'est moi qui décide... Personne ne va se coucher.

Gustav posa une main sur l'épaule d'Hermann.

— C'est juste que nous sommes habitués à François-Joseph, dit-il avec humour tout en serrant l'épaule d'Hermann. J'ajouterai que les moustaches de l'empereur sont plus attachantes et fournies que celles du pauvre Hitler !

Hermann repoussa Gustav vers sa chaise. Il était furieux.

— Pauvre Hitler... Comment osez-vous ? Si on lui avait laissé plus de temps, tout serait net, on ne me volerait plus dans mon hôtel. Il n'y aurait plus ces salauds de juifs...

Gustav s'était rassis, une main posée sur la poitrine, les ongles de l'autre main griffant la nappe en papier de notre table. Tout doucement, il demanda :

— Allez dormir, nous nous occuperons de tout. Faites ça pour moi, pour mes amis. Demain, nous aurons les idées claires...

Hermann quitta le bar et se dirigea vers la table. J'admirais la patience de Gustav, l'humour et la gentillesse qu'il déployait, la manière douce dont il tentait d'amadouer le portier de nuit. Infatigablement, Erika jouait *I got a woman*, la tête penchée sur les touches noires et blanches de son piano. Nous nous taisions. Hermann se servit un autre gin, puis il reprit sa place, près de Miss Stella. Elle étreignit la main d'Hermann et nous adressa un sourire.

— Oublions tout cela, dit-elle.

Nos yeux se fixèrent sur Hermann. Silencieusement, nous l'interrogions, attendions son approbation. Avait-il seulement entendu Miss Stella ? Je ne le croyais pas. Chaque homme a son regard ; cette nuit, celui d'Hermann me fit peur. *Salauds de juifs !* Une haine incompréhensible le rendait sourd à tout raisonnement. Ses lèvres tremblèrent, je compris que tout allait commencer. Premier acte d'un drame, sous nos pas s'ouvrait l'Enfer.

Hermann avait serré les poings, avalé une nouvelle gorgée de gin, tremblé et éclaté de rire. Un de ces rires qui vous rappelait aux cauchemars de l'enfance, du temps où les sorcières nous arrachaient des larmes, quand nos cœurs battaient la chamade pour les princesses menacées par un mauvais sort. Le portier de nuit riait. Et ce rire odieux n'en finissait pas de se répandre en nous. Hermann écrasa son poing sur la table. Les tasses se renversèrent dans les soucoupes. Elsa se mit à pleurer.

— Ras le bol de vos conseils, hurla-t-il, vous m'emmerdez...

D'un revers du bras, il balaya son verre de gin.

— Vous êtes aveugles ? Les juifs nous prennent tout... Ça ne vous fait rien de voir ces salauds s'enrichir sur notre dos ? Je suis chez moi... chez moi, vous comprenez ?

— S'il vous plaît, priai-je, ne criez pas comme ça ! Tout va s'arranger... Nous sommes vos amis...

Remarquablement calme, Erika jouait toujours. Nous avions un peu peur, nous restions calmes, nous aussi, pourtant. Nous patientions jusqu'au terme de l'éruption. Et je me préparai à la prochaine invective du portier de nuit.

— Je ne crie pas, dit-il en hurlant. Qui êtes-vous d'abord ? Je ne vous connais pas... je ne connais personne... je n'ai pas d'amis...

Accepter le débat, c'était risquer d'entrer dans sa folie. Était-ce la fatigue ou la curiosité, ou bien les deux, qui nous rivait à nos chaises ? Voilà le virage, voilà le voyage, la partition ! me disais-je : je pensais à Mathias.

Anna serrait Elsa dans ses bras. Je croisai le regard de chacun de mes amis. On se rassura un peu. François-Joseph regardait le plafond, les hélices d'or des ventilateurs. Elles tournaient comme un manège. A chaque tour, nous vieillissions un peu plus et nous perdions l'équilibre. Hermann me montra du doigt :

— Voyez-vous, reprit-il d'un ton étrangement

doux avec son index pointé sur moi, j'ai l'impression que vous tenez à défendre des amis ! Comment peut-on se targuer d'avoir un ami juif ?

— Qu'est-ce qui vous gêne chez les juifs ? dis-je.

— Ils me gênent… physiquement !

— Physiquement ?

— Vous m'avez bien entendu. J'ai dans l'idée que personne à cette table n'imagine qui sont ces salauds de juifs.

— Des hommes, répondis-je, comme vous et moi.

— Quelle question ! renchérit Miss Stella.

— C'est une bonne question justement, dit Hermann. Un juif, c'est comme une maladie qui vous ronge, des milliers de fourmis rouges qui s'organisent… Un jour, quand la ville dort, ils vous envahissent. C'est trop tard, ils respirent, ils existent, ils sont riches… Le mal est fait… Les vampires… Vous vous défendez et les braves gens vous taxent d'antisémitisme… Moi je ne me laisse pas faire… Je sais de quoi je parle, mes agneaux… Si un juif vous escroque, écrasez-le aussitôt…

— Et si ce n'est pas un escroc ? demanda Roberto.

— Je dois vous prévenir que tous les juifs sont fourbes. Un juif bien, c'est un imposteur…

C'était une condamnation sans appel. Je regrettai les vociférations du portier de nuit, constatant que la colère s'installait en lui d'une tout autre façon. A présent, plus de gestes emportés, plus de cris, mais des mots caressants, comme ceux d'un père attentionné qui eût dévoilé les choses de la vie à ses chérubins, d'une voix posée qui ajoutait à l'implacabilité de son jugement démentiel.

Avec aplomb, Hermann venait de débiter les premiers paragraphes d'un verdict où les juifs n'étaient plus qu'insectes rampants et nuisibles. Personne n'osait prendre la parole. Erika n'avait pas relevé la tête, mais ses doigts hésitaient sur l'ivoire des touches du piano, comme si les cordes du piano tremblaient, et j'eus l'impression d'écouter une marche funèbre, un air étouffé où toute chose paraissait menacée.

C'était tout silencieux dans la salle à manger de l'Hôtel des Hautes-Vagues, silence polaire que dérangeait à peine le pétillement du bois dans le feu. Je devinais les cœurs qui battaient, les pupilles dilatées, tandis qu'Hermann guettait chaque signe trahissant notre surprise, notre émotion, notre inquiétude, notre dégoût. Après la fureur, à mots désormais bien pesés, Hermann nous provoquait, le piège se refermait, la partition s'écrivait. Hermann, ivre, acteur de guignol, oubliait le trac en se saoulant. Devant vos yeux, un homme au visage tordu, aux lèvres déformées par un rictus de bourreau, imaginez et vous aurez des visions de malheur.

Je devais réfléchir. Agir avec finesse, mais vite, très vite, à peine quelques secondes, avant que le manège ne s'emballât à nouveau, avant qu'Hermann ne vous menât aux enfers. Il me fixait d'un air ironique. *Salauds de juifs !* Je serrai les poings, au bord d'exploser. *Salauds de juifs... Salauds de juifs !* Je détestais cet homme, j'allais l'assommer. Alors, comme la sonnerie du réveil qui fauche les mauvais rêves, une idée s'imposa qui me donnerait le moyen d'opérer une diversion. Léa ! Je pensai soudainement à Léa. Je desserrai les poings et inspirai profondément.

— Où puis-je téléphoner ? demandai-je.

— Je vous accompagne, Thomas.

Gustav me guida vers la cabine, à l'autre bout du hall.

— Ne vous inquiétez pas, dit-il, je me charge de notre provocateur.

Son bras droit entourait mes épaules, l'index et le pouce de sa main libre caressaient son menton, comme si Gustav cherchait la manière d'effacer la douleur qu'il avait su lire dans mon cœur. Je sentis qu'il tremblait contre moi.

— Ce n'est rien, dis-je... Hermann ! C'était comme un train qui me passait dessus...

— Je vous comprends, Thomas, j'ai ressenti cela moi-même.

Gustav m'ouvrit la porte de la cabine.

— Voilà ! C'est tranquille ici... Donnez votre coup de téléphone... Je m'occupe d'Hermann. A tout de suite !

— Merci, Gustav.

Il me fit un clin d'œil et s'éloigna. Je l'aimai comme un frère. Derrière les rideaux de velours rouge, c'était l'hiver et ses étoiles filantes, les Hautes-Vagues encerclées d'obscurité.

Des flocons de neige dansaient autour de minuit.

Troisième partie

Jamais je n'oublierai cette nuit, la première nuit de camp qui a fait de ma vie une nuit longue et sept fois verrouillée.

Jamais je n'oublierai cette fumée.

Jamais je n'oublierai les petits visages des enfants dont j'avais vu les corps se transformer en volutes sous un azur muet.

Jamais je n'oublierai ces flammes qui consumèrent pour toujours ma Foi.

Jamais je n'oublierai ce silence nocturne qui m'a privé pour l'éternité du désir de vivre.

Jamais je n'oublierai ces instants qui assassinèrent mon Dieu et mon âme, et mes rêves qui prirent le visage du désert.

Jamais je n'oublierai cela, même si j'étais condamné à vivre aussi longtemps que Dieu lui-même. Jamais.

Elie Wiesel
La Nuit

Je composai le numéro. Mes mains tremblaient. J'étais impatient d'entendre la voix de Léa.

Dans le silence de la cabine, je ressentais l'écho des paroles d'Hermann. J'avais encore la vision précise du visage d'Elsa, ses traits crispés de peur et sa peau noyée de sanglots. Je songeai à fuir avec elle.

Quelque part, un central cherchait mon numéro, je percevais les impulsions. J'attendais. Je repensai à Mathias. L'année qui suivit le prix Nobel d'Isaac Bashevis Singer, un été de 1979 à Tel-Aviv. Il était une fois un reportage sur la « colline du printemps ». J'avais retrouvé Mathias sur les marches du théâtre Habimah. Dix ans déjà ! Je me rappelais chaque seconde passée ensemble. Nous avions vu le musée, la salle où, le 14 mai 1948, un Mathias de vingt ans assistait à la lecture de la déclaration d'Indépendance de l'État d'Israël.

Tel-Aviv la vivante ! Les boutiques de la rue Ben-Yehuda, les diamantaires, les cinémas, l'opéra. Nous avions déjeuné sur le campus de Ramat-Aviv où Mathias enseignait la philosophie. Mathias et les douze travaux d'Hercule : enseignant, militant du Mouvement de la paix, membre de la délégation assistant aux conférences annuelles sur l'utilisation pacifique de l'énergie nucléaire, poète, talmudiste, et surtout père de cinq enfants, sa nouvelle famille. Nous n'avions presque pas évoqué le passé. Mathias savait qu'il ne l'oublierait jamais, mais il ne voulait pas en parler. Des amis écrivains s'en chargeaient. Sa tâche principale étant de protéger l'importance du culte et de la réunion qui constituaient la notion essentielle de la religion juive.

A des centaines et des centaines de kilomètres, un téléphone sonnait dans un appartement parisien. Personne ne décrochait. Léa était absente, le répondeur débranché, je ne pouvais même pas lui dire je t'aime. Je lâchai le combiné qui se balança dans le silence de la cabine, accroché à son fil torsadé.

J'allumai une cigarette, une de plus, une de trop, et m'assis sur le tabouret en bois verni de la cabine téléphonique. De la grande salle, me parvinrent quelques notes étouffées du piano d'Erika. Gustav respectait la maxime selon laquelle « la musique adoucit les mœurs ». Je n'avais pas envie de bouger. Je me sentais bien sur ce tabouret, à remonter le temps tout près de Tel-Aviv.

Mathias enseignait la Torah. Avec ses amis, les orientalistes, et des militants du Mouvement de la paix, Mathias s'échinait à construire une œuvre qui éviterait aux générations futures un autre génocide. Dieu avait donné cinq livres à Moïse. Ils furent conservés dans l'Arche Sainte de la synagogue. Trois fois par semaine, Mathias et deux autres fidèles sortaient les rouleaux de parchemin et lisaient un passage à l'assistance. Mathias n'oublierait jamais les rabbins qui fuyaient leurs bourreaux en tenant contre eux les rouleaux de la Loi. Je lui avais demandé comment pouvait-il croire en Dieu ? Comment avait-il encore la foi après l'Holocauste ? Mathias ne parlait pas des camps. Il m'avait juste raconté sa petite sœur née à Drancy, Sarah déportée sur Buchenwald, puis le brouillard, la folie, les larmes, la nausée, la fumée et la mort de Dieu. C'était vrai ! Fini alors, le Tout-Puissant, le Dieu d'Abraham, calciné, en fumée au-dessus des cheminées de Buchenwald.

Ainsi, Mathias avait repris les chemins de la Kabbale. Il s'efforçait de préserver le yiddish, langue des martyrs, des rêveurs et des Saints. « Il y a dans le yiddish tous les souvenirs d'un peuple courageux et l'humour qui est le refuge des humiliés », disait-il en plantant son regard dans le mien. Un regard si plein de force et de bonté.

Le combiné pendait toujours dans le silence de la cabine, accroché à son fil torsadé. J'entendais le *Concerto l'Empereur*, et aspirai une bouffée de tabac.

Un char américain aux portes de Buchenwald, l'espoir caché de revivre un jour. Voilà les seules images que Mathias daigna me dévoiler. Quant au reste, silence ! Non pas qu'il eût peur de se souvenir, mais parce que le silence était sa manière de dignité. Face aux bourreaux aveugles, Mathias et ses frères juifs avaient gardé les yeux grands ouverts. Le monde pouvait bien être cruel, il fallait respecter les commandements. « Un jour tout sera amour et douceur », m'avait déclaré Mathias, un soir que nous revenions de Ramat-Aviv. Il m'avait regardé, sourire résolu dessiné au coin des lèvres : « Un jour, Thomas, tout sera amour et douceur », et je n'avais pu retenir mes larmes en imaginant ses frères exterminés, assassinés. J'avais pleuré longtemps en pensant à Sarah, toute la nuit à me demander si j'aurais pu garder une telle confiance et me promettre le paradis, pendant que, dans les camps de la mort, les cristaux du « cyclone B » se transformaient en gaz au contact de l'air.

La minuterie de la cabine téléphonique venait de s'arrêter. Je restai dans le noir. Adagio un poco mosso, Gustav jouait à merveille. Je ne voulais plus bouger. Juste écouter le *Concerto,* assis sur mon tabouret en bois verni à voyager dans les souvenirs. Je flottais dans la cabine sans lumière, Élie me tendait les bras, il m'appelait, me rappelait.

C'est à Jérusalem qu'Élie m'avait raconté le début du cauchemar. Plus grave que dans les livres, la voix d'un homme qui n'employait pas de grands mots pour me décrire l'Enfer sur terre. A Jérusalem, Élie, un lointain cousin je crois. Après une promenade dans la ville des prophètes, parmi les Arabes en keffieh et les juifs en shtreimel. Le soleil se couchait sur la muraille de Soliman le Magnifique, en cette capitale où résonnait l'écho des prières du soir, Élie m'avait parlé de Mathias.

Il était une fois un appartement, à Paris, juillet 1942. Une famille est encore endormie. Le jour se lève rue du Faubourg Saint-Antoine. Élie court sur les pavés, s'engouffre sous la porte cochère, grimpe les étages quatre à quatre, frappe à la porte de l'appartement. Très fort, plusieurs coups avant qu'on ne l'entende, jusqu'à ce que le jeune Mathias lui ouvre, médusé de voir son cousin si rouge et essoufflé. Vite, vite, où est ton père, ta maman, ton frère, ta sœur… vite… vite… il faut se cacher. Vite les valises, la fuite, les cachettes, les caves et les greniers, les heures d'angoisse, et les gardes mobiles partout dans la ville. La chasse à l'homme, les cris des femmes, les larmes des enfants. La mère de Mathias a posé ses mains sur son ventre, elle est à terme, elle prie. La famille est découverte. Élie aussi.

Les policiers crient, et les gardes mobiles avec eux : « Allez ! Allez ! Montez ! » Et les autobus réquisitionnés chargés de juifs sillonnent Paris jusqu'au Vélodrome d'Hiver.

Six mois plus tôt, les dignitaires du régime nazi mettaient au point le plan de destruction du judaïsme européen.

Six mois plus tôt, au mois de janvier, non loin de Berlin au bord d'un lac, Heydrich et sa bande prévoyaient l'opération.

Maintenant c'est l'été à Paris, il fait chaud dans les autobus bondés. Les autobus qui déversent leurs milliers de juifs sur un stade écrasé de soleil. Les jours passent, l'inquiétude grandit, les familles sont séparées. Mathias ne reverra plus les siens, ne connaîtra pas sa petite sœur, Sarah, née le lendemain de son départ pour Drancy. Le long voyage a commencé, plus loin que l'éternité, pire que l'enfer, avec les convois de déportés. Et, tout au bout, la mort presque certaine.

Au mois d'août 1938, Thomas Morris naissait dans un hôpital tout blanc. C'était un paradis, à une demi-heure de Drancy, à des millions de kilomètres. Loin, très loin du danger, je n'étais pas juif, j'aurais le droit de vivre. Si j'avais su alors, si j'avais pu pleurer. Si les petits enfants avaient pu se rendre compte, peut-être auraient-ils voulu quitter ce monde où on tuait leurs frères. Longtemps après, mon père m'avait tout dit : la France occupée, la Gestapo, la collaboration, la solution finale. Et j'avais enfin compris, la disparition de mon copain de maternelle, le silence et les uniformes dans les rues.

Mon père m'avait tout dit, la guerre était finie depuis quelques années. J'avais dix ans peut-être, je ne voulais pas le croire. Oui ! C'était l'anniversaire de mes dix ans, il faisait si beau que j'avais préféré me boucher les oreilles, mais le soir, dans mon lit, en comprenant que mon père ne mentait jamais, j'avais pleuré et appelé mon copain Ezra, tout doucement, longtemps j'avais prié son retour. Voilà pourquoi j'avais tant de respect pour Mathias. C'était un peu Ezra. Voilà pourquoi les juifs étaient mes amis. Voilà pourquoi je n'accepterais plus qu'on les menace ou qu'on dise du mal d'eux. Voilà pourquoi je bannirais tout homme condamnant une couleur, une religion, par superstition. Voilà pourquoi je brûlerais toute ordonnance prétendant différencier le bien du mal. Pour les femmes, les hommes, les enfants, je ne verrais plus d'autres étoiles que celles du ciel qui brille dans la nuit.

Mathias avait survécu. Et le lointain cousin, Élie. Sillonnant le monde, juifs errants décidés à marcher jusqu'à la fin des temps, d'Asie en Amérique latine, ils avaient assuré l'implantation de services éducatifs. Une seule idée en tête : semer le passé, construire un lendemain. Vers 1950, bénéficiant de la loi du retour, ils s'installèrent à Tel-Aviv avec la nationalité israélienne.

J'avais connu des moments inoubliables auprès de mes amis juifs. J'aimais Tel-Aviv, je m'y sentais bien, j'aimais Mathias, j'aimais leur vie, la communauté qui allait vers quelque chose de neuf, vers le progrès, mais qui toujours demeurait fidèle au culte. Rosh Hashana, Yom Kippour, Hannouka, fêtes d'une existence, si douces musiques à mes oreilles, comme cette journée à Jérusalem, non loin de Soliman le Magnifique, à l'occasion de la « Bar Mitsva » de Jonathan, dernier fils de Mathias et Eleonora. Quel enchantement ! J'avais navigué parmi les initiés d'une tradition juive sur les rives imprimées du Talmud. Et souvent, dans mes rêves, je traversais le Sinaï à la découverte des secrets du judaïsme.

Le jour de mon départ, avec Mathias nous nous étions donné l'accolade. « La partition devait s'écrire », m'avait-il dit en parlant de l'existence, du passé, du présent, de l'avenir. Oui ! Bonheur, malheur, ennemis inséparables. Et mon avion avait crevé les nuages de Tel-Aviv.

Le combiné pendait immobile, accroché à son fil torsadé, dans le vide obscur de la cabine à remonter le temps. Maudit combiné ! Je le portai une dernière fois à mon oreille, à Paris un téléphone sonnait et c'était comme un cri d'alarme. Léa ne l'entendait pas. J'avais tant besoin d'elle. Je raccrochai.

Je devais décoller de ce tabouret en bois verni. Quelle heure était-il ? J'eus l'impression qu'un temps fou avait passé depuis que j'attendais dans cette cabine. Et pourtant, quelques minutes à peine ! Cinq, dix, quinze au plus... Je voulais que ce soit le matin, le petit déjeuner avec les autres et François-Joseph, le train de Paris, le lit de Léa et Chanel N° 5 sur sa peau. Adieu, mes amis ! Si vous passez dans sa ville, n'oubliez pas que Thomas Morris est votre obligé... Mais c'était toujours la nuit. Je me sentais nerveux, incapable d'oublier les mots du portier de nuit, apeuré à l'idée qu'il ne soit pas encore couché.

Ainsi, je ne décollais pas du tabouret en bois verni, au fond du hall des Hautes-Vagues, dans ma petite cabine. Je laissais courir les secondes pour qu'elles grignotent la nuit et que le ciel s'éclaire un peu. Hermann aurait bâillé, je suis crevé, je vais dormir. Et j'aurais pu enfin écouter battre mon cœur sans m'effrayer d'un bom-bom trop rapide, bomm, bomm, bomm, un battement régulier, rassuré. Mais le jour ne grignotait pas la nuit, la neige tombait toujours des étoiles, blanche dans le noir si noir, d'un blanc couleur fantôme, quelques heures nous séparaient du jour. C'était beaucoup ! Ça me paraissait impossible de jamais l'atteindre. Foutu jour. Si je le trouve. Je m'effrayais. Je voyais le *Mozart Express*, Vienne, la grande roue, les hélices d'or des ventilateurs, la fatigue me tournait la tête, goût des cendres, goût de peur, fais attention à toi, tout peut arriver... Je tremblai.

Moi qui avais toujours envisagé un avenir lointain, beaucoup plus tard et reculant d'année en année, je venais de construire l'avenir le plus proche de toute ma foutue existence, l'avenir à l'aube, au chant du coq, dans quelques heures. J'avais besoin du jour comme de l'ombre quand on a grillé des heures sous 50° au soleil. L'avenir à l'aube. Rien que d'y penser, j'en avais des sueurs froides. En chute libre à une altitude infinie, je tournais la tête vers les nuages, trop tard pour reculer, trop tard pour remonter. Le soleil était loin. Le souvenir d'Ezra me faisait mal. Oui ! Ezra m'appelait, me rappelait, cinquante ans en arrière.

Cinquante ans ! Septembre 1939. La Pologne envahie. La Grande-Bretagne et la France contre le Reich. Octobre 1940 et Vichy. Les juifs exclus de leurs fonctions électives, de la fonction publique, de l'armée et de la magistrature. Décembre 1941 et des centaines de personnalités juives arrêtées. Mars 1942 et les convois de « déportés raciaux » à destination des camps nazis. Gestapo en zone occupée, étoile jaune obligatoire. « Vent printanier » de juillet 1942, « guerre totale » aux aurores de 1943. Le soulèvement du ghetto juif à Varsovie. La chasse aux résistants. Les rafles. Les enfants d'Izieu. Les juifs, toujours les juifs, le plus possible de juifs. Dans ma tête, alors que je me laissais aller en chute libre vers mon destin, c'était comme un film d'actualités en accéléré. La folie. Six millions. Sans pitié. Méthodiquement. Horrible, mon Dieu ! Six millions... L'Holocauste... l'œuvre des hommes... Pas une catastrophe naturelle. Les hommes...

Je sortis de la cabine téléphonique. Les mains dans les poches, je fis quelques pas vers l'une des fenêtres du hall. Dans la grande salle, Gustav jouait le dernier mouvement du *Concerto l'Empereur*. Adagio un poco mosso, et je rêvassais les yeux perdus dans la rue silencieuse et blanche. Léa ! J'écrivis son nom sur le carreau embué.

Juste à côté de la fenêtre où je venais de tracer le nom de mon amour, il y avait un guéridon sur lequel reposait une radio. Pas n'importe laquelle. Une œuvre d'art. Une pièce de collection. Fonctionnait-elle ? Je l'allumai. J'entendis la voix d'un speaker qui semblait venir du bout du monde. Sur un ton à la Stroheim, il récitait l'exhortation qui accompagnait le célèbre *Carré Blanc Sur Fond Blanc* de Malevitch :

« Plongez-vous dans la blancheur, camarades pilotes
à mes côtés et nagez dans cet infini. »

Au cours de notre dîner, Roberto m'avait parlé de cette émission culturelle de la nuit. Cela m'amusait de tomber dessus par hasard. J'essayai de me remémorer la composition du tableau de Malevitch :

« J'ai érigé le sémaphore du suprématisme

j'ai foulé aux pieds les frontières du ciel coloré
je les ai arrachées, j'en ai fait un sac
dans lequel j'ai jeté les couleurs. »

Un bruit de vagues déferla derrière la voix du speaker :

« Nagez ! la mer libre et blanche
l'infini s'étend devant nous ! »

Ressac : on enchaîna avec de la musique contemporaine. J'entendais sans écouter. La musique baissa. Et il y eut ces mots, comme sortis de la gorge d'un ordinateur.

Infini-pourquoi-t'es-si-mal- ?
Pourquoi-t'es-si-mal-infini- ?

Ce voyage dans l'infinitésimal ponctué de balbutiements électroniques me détendit. J'en oubliai Hermann. Et puis je me sentais fatigué, si fatigué que ce voyage hors du temps me donna l'impression de faire la planche sur une mer étale. J'allumai une autre cigarette. Elle avait un sale goût. Un goût de fer. Le son rauque d'un saxophone rouillé, ce qui me fit penser au chant des baleines, annonça la fin de l'émission. J'allai éteindre lorsqu'une voix de femme, suave, donna les nouvelles. Elle parla d'une tempête de neige monumentale qui devait s'abattre sur le monde entier ou quelque chose comme ça, puis clôtura son flash avec le crime de Vienne. Le procès de Franz aurait vraisemblablement lieu le mois prochain. Je pensai à une erreur ou bien les magistrats autrichiens n'y allaient pas de main morte. La speakerine souhaita une douce nuit à ses auditeurs. Si son ramage se rapportait à son plumage, elle valait le déplacement. Je souris et éteignis la radio.

Demain, tout à l'heure, j'appellerais Stefania. Elle me donnerait des nouvelles de Franz. J'attendrais son signal avant d'agir. J'aiderais Franz. J'écrirais un papier, j'alerterais l'opinion publique, je l'aiderais. Demain, tout à l'heure, j'aurais les idées claires. Demain… tout à l'heure… Ma vue se brouillait…

J'aurais pu m'endormir comme ça, debout contre la fenêtre du hall des Hautes-Vagues. Un coup de barre, Thomas, juste un coup de barre. Le train du sommeil passait, j'avais tellement envie de le prendre. Un événement venait de se produire, ma vue se brouillait, je bâillai, un événement. Quoi ? Ah oui, la musique, silence, plus rien, Gustav venait de s'arrêter sans doute, et alors ? Quoi d'étonnant ? Pas tout à fait le silence, quelque chose, de l'agitation, des cris dans la grande salle… Je me frottais les yeux… Comme une dispute, des cris, j'entendais des cris ! Minuit, comme dans les histoires macabres avec les coups d'horloge et les portes qui grincent, et une voix reconnaissable entre toutes qui grondait. La haine en personne m'aurait interpellé que c'eût été pareil. Voilà ! Hermann hurlait mon nom… « Alors, il arrive le saint Thomas des juifs ? »

Il y eut un claquement sonore, un bref silence, les pleurs d'Elsa. Pire que de l'eau glacée et je buvais la tasse dans ma mer étale. Ma vue ne se brouillait plus, je tremblai malgré moi, définitivement réveillé. Et je m'emballais. J'étais parti à Tel-Aviv et Jérusalem, Hermann m'avait suivi. J'avais rêvé du Sinaï, Hermann m'avait rappelé. Ça n'en finirait donc jamais. Foutu jour, si jamais je te trouve ! Au moins le jour, on y voyait quelque chose.

Le voyage, la partition ! Arrête de trembler, reprends-toi, l'ami, tu n'as tout de même pas peur d'un ivrogne… Ha, ha… Je parlais tout seul, riais tout seul, m'effrayais de moi-même. Tu ne vas pas bien, pensai-je, tu dois te reprendre. Il suffisait en effet qu'une mouche me frôle pour que je fisse des bonds. Je pris une longue inspiration, une lente expiration... Quatre cinq fois comme ça... Voilà ! J'allais mieux maintenant.

Je me dirigeai vers la grande salle. Minuit passé, déjà demain, encore la nuit mais déjà demain. Je pénétrai dans la grande salle. Pardon ! Je pénètre dans la grande salle. Oui, c'est encore si présent.

Hermann marche de long en large en agitant les bras. Il ressemble à un fauve qui voudrait passer à travers les barreaux de sa cage.

— Pourquoi l'avoir giflée ? s'indigne Miss Stella.

Paul de Lavi console Elsa sous le regard concupiscent d'Anna.

— Pour la punir, répondit Hermann.

— La punir de quoi ?

— C'est une conspiratrice...

— Une conspiratrice ! s'exclament Gustav et Roberto.

— Qu'est-ce que c'est une conspiratrice ? demande Lydia de sa voix d'opéra.

— Une sale putain de conspiratrice qui a laissé filer ce salaud de juif, gueule Hermann qui semble ne pas avoir entendu la question de Lydia.

Nous nous regardons sans comprendre. Et je pense : voilà ! C'est reparti. Il n'a pas beaucoup de conversation, l'ami Hermann. Je suis accoudé au bar, juste à l'entrée de la grande salle où tournent les hélices d'or des ventilateurs. C'est un triste spectacle. Je regarde mes amis, j'ai de la peine.

— Vous me cherchiez, Hermann ?

Hermann se retourne, lève la tête, croise mon

regard. Il me fait signe de venir dans un éclat de rire. Un mauvais rire. Les autres me fixent avec un sourire fragile, l'air de dire que tout va pour le mieux mais qu'Hermann les inquiète. Ils me rassurent ou ils m'appellent à l'aide. Je ne sais plus très bien. Une chose est certaine : Hermann a décidé de nous en faire voir de toutes les couleurs. Erika vient d'entrouvrir une fenêtre, elle nous tourne le dos, offrant à la nuit l'éclair de son regard bleu pâle. Il y a comme un vent glacial qui caresse les rideaux de velours rouge, qui oblige à rester éveillé et paralyse ensemble. Elsa sèche ses larmes. Elle renifle comme un enfant blessé. Anna lui donne son mouchoir, Paul de Lavi lui passe une main dans les cheveux. Lydia s'est collée contre Roberto. Je trouve une place entre Vera et Miss Stella.

Vera m'embrasse dans le cou, me chuchote qu'elle a peur. Et elle pose une main sur mon genou. Hermann nous alarme tous mais je promets à Vera de la protéger. Gustav me donne un sourire, un de ces sourires si brefs qu'on se demande si on ne les a pas imaginés. Gustav qui caresse l'ivoire des touches du piano, et qui fronce les sourcils en appuyant une note, puis une autre, puis une troisième et ainsi de suite. Je repense à Franz et Stefania, quand nous nous regardions dans le silence rythmé par le chant monotone des petites gouttes qui coulaient du robinet pour s'en aller mourir sur l'inox de l'évier. Telles des gouttes d'eau, les notes de Gustav me font mesurer le désarroi qui l'étreint. Et j'éprouve la désagréable sensation du supplice des regards qui se cherchent longtemps, comme si les mots n'avaient plus cours, comme si l'espoir trépignait, retenu solidement par une chaîne arrimée au mur du temps qui passe. Je regarde mes amis, je me dis que le temps est plus rapide que nous, qu'il continue sa route quand nous demeurons inanimés sur un bas-côté. Je suppose, j'imagine que mes amis et moi-même ressentons la même chose, dans l'Hôtel des Hautes-Vagues, face au portier de nuit, lequel, noyé dans le gin, alterne la torpeur et la haine.

Je me racle la gorge, parle, cassant ainsi le silence pesant qui, depuis quelques minutes, succédait au dernier éclat de violence d'Hermann. Je raconte à Roberto que je viens d'écouter un bout de l'émission qu'il évoquait au début de notre soirée. Nous échangeons quelques propos sur Malevitch, en déduisant, d'un commun humour, que le fameux *Carré Blanc sur Fond Blanc* est une œuvre qui ne manque pas de clarté. Miss Stella affirme que le brave Kazimir était atteint de daltonisme, qu'il n'avait jamais identifié la couleur réelle du carré, hésitant d'un jour à l'autre entre rouge et vert. Chacun son tour, on essaye de dérider Hermann, on n'arrive pas à être drôles, de toute façon Hermann n'a pas envie de rire. Enfin, je me tourne vers lui.

— Finissons-en, dis-je.

Surpris, il me regarde, ricane :

— En finir ? demande-t-il.

J'ai décidé d'aller vite, de le forcer dans ses derniers retranchements. Il va vider son sac, et hop ! Bonne nuit.

— Oui, Hermann ! Cessons de nous quereller...

— Ne me parlez pas comme à un enfant.

— Alors pourquoi ?

— Les juifs, dit-il, à cause des juifs !

— Eh bien, nous ne sommes pas d'accord, voilà tout...

— Saviez-vous, m'annonce-t-il avec un regard qui

ne me dit rien qui vaille, que j'étais membre du Parti National-Socialiste ?

Je fais un effort sur moi-même. Cette obstination me stupéfie. J'explique à Hermann que j'ai des amis juifs, qu'il m'est par conséquent difficile de m'entendre avec lui à ce propos. Gustav lui rappelle qu'Elsa est juive et que ça n'a pas eu l'air de le déranger depuis les trois dernières années. Je frémis à l'idée qu'Elsa est prisonnière de longue date aux Hautes-Vagues. Et je me mords la lèvre inférieure. Hermann vient de froncer les sourcils.

— Des amis juifs… Écoutez-moi, vous changerez d'avis…

La délicatesse n'est décidément pas son fort. Et le portier de nuit me dresse l'historique de son « maître à penser ». J'écoute d'une oreille distraite, Vera a posé sa tête sur mes genoux. J'ai l'impression d'aspirer une bouffée d'oxygène. Elle s'abandonne, confiante, les yeux clos, je perds mes doigts dans ses cheveux. Fais de beaux rêves, Vera. Et je pense qu'elle est belle, si belle qu'il ne faut pas avoir peur. Miss Stella a entraîné Elsa dans un coin, près d'une fenêtre, ensemble elles regardent tomber la neige en parlant d'Hollywood. Miss Stella fait de grands gestes, ses mains dessinent des villas, les mosaïques des piscines, des stars gominées et des souvenirs de coulisses. Et cela me donne du courage. J'écoute Hermann, je le laisse s'épuiser, j'attends que le jour se lève.

En 1923, dans l'arrière-salle d'une brasserie de Munich, Hitler prépare son avenir. Hermann est un parfait manuel d'histoire. Il me sert la République de Weimar, Franz von Papen, Hitler chancelier du Reich, l'hiver 1933, avec trois autres nazis au gouvernement. S'il savait comme je m'en fiche des chemises des Jeunesses Hitlériennes et de l'uniforme des S.A.

— Où voulez-vous en venir ?

— J'y arrive, j'y arrive, Morris, me dit-il, je plante le décor... Ne soyez pas si pressé.

— Drôle de décor ! dis-je.

— C'est selon, Morris ! Il a son charme, répond-il en y allant de son mauvais rire.

Il a prononcé « Morrisss », j'ai entendu siffler un serpent. Je sais bien que mes amis ont autant de mal que moi à supporter le rire de mépris qui ponctue chacune de ses phrases. Ce rire lugubre qui se répand en nous tel un poison.

— Faites vite... Venons-en au fait, dis-je.

— Eh bien, Morriss... Que d'impatience !

Alors, tranquillement, Hermann évoque les autodafés, les livres brûlés, titre par titre, auteur par auteur, Remarque, Böll, Zweig et les autres. Hermann est si fier d'avoir détruit des œuvres littéraires. Il n'aime pas les gens qui écrivent, ils véhiculent des mensonges, ils sont dangereux. Aucun doute, Hermann est fou ! Je l'écoute, je pense qu'on ne peut détruire la pyramide de l'écrivain, que les mots vivent dans l'esprit de ceux qui ont lu et se souviennent. Jamais les flammes n'empêcheront les hommes d'affirmer leur liberté. Les livres, on avait oublié de les arroser d'essence. De ce jour, Heinrich Böll retint que les livres brûlaient mal. Les mots résistent. Alors tes mascarades sous drapeau nazi, tu peux les oublier, Hermann ! Les livres sont comme les anges. Ils ont de la mémoire, ils reviennent. As-tu déjà lu Stefan Zweig ? Oh, non ! tu ne l'aurais pas brûlé. Toi et tes acolytes ne l'auriez pas poussé au suicide si vous l'aviez vraiment lu. D'ailleurs, je le répète, rien n'a brûlé, rien ne s'efface. Tu vois, c'est d'eux qu'on parle maintenant, pas de toi, pas de vous. Tu devrais le savoir, cher Hermann, qu'on ne conduit pas le monde à sa guise, qu'on n'humilie pas les hommes impunément. Un matin, vois-tu, ils se révoltent, ils te réveillent, les humiliés, ils auscultent ton cœur et ils demandent « Pourquoi ? », et moi je serai avec eux.

Pendant que je m'adresse à des fantômes terrés aux quatre coins du globe, essayant de comprendre ce qui peut entraîner des hommes à de telles extrémités, Hermann ne tarit pas d'éloges sur Hitler.

C'est le 31 janvier 1933, l'accession d'Hitler au pouvoir. Dieu, quel beau jour pour un jeune fasciste de douze ans ! Quelques semaines plus tard, ravi, bien planté sur les pavés de l'Alexander Platz, il avait admiré le boycott des commerçants juifs en rêvant de posséder le plus vite possible son uniforme nazi. Une vocation qui naquit dès 1925, lorsque son père l'emmena à Nuremberg, le jour de la parade du Reichsparteitag. Le petit Hermann ne rêva plus que d'entrer dans la garde personnelle d'Hitler. Il s'était mis à dessiner des svastikas sur les tableaux de son école, jurant à qui voulait bien l'entendre qu'il était fasciste et que son père s'appelait Hitler. A quatorze ans, apprenant qu'une de ses amies flirtait avec un juif, il l'avait rossée devant ses camarades de classe afin de donner l'exemple et s'était promis, s'il le retrouvait, de punir le juif pour son crime contre la race.

Hermann marque un silence, l'air satisfait de l'attention muette que nous lui portons. Il joint ses deux mains et fait craquer ses articulations. Miss Stella pousse un cri. Elle nous explique que ça lui est devenu insupportable depuis sa grave opération de la colonne vertébrale. Hermann recommence son petit jeu d'os, se délectant de constater l'effet de son geste : Miss Stella a crispé les doigts sur les pans de sa robe, raidie comme si elle venait de recevoir du 220 volts. Hermann se sert un autre verre de gin, sourit, éclate à nouveau de son rire lugubre. Elsa s'est aussitôt détournée. Comme moi, comme nous tous, elle surveille constamment la nuit qui court vers le jour, au milieu de la danse des étoiles filantes et des flocons de neige.

Miss Stella me fait signe que tout va bien et elle rejoint la nuit auprès d'Elsa. Je les observe, collées contre la fenêtre des Hautes-Vagues, Elsa élancée et gracile, Miss Stella petiote et épaisse, je les trouve aussi belles. A cet instant précis, elles sont comme une seule et même personne. Ensemble, elles ont choisi Hollywood et ses légendes. Ensemble, elles contemplent la clepsydre des heures obscures. Ensemble, elles s'évadent et guettent l'aube de la réconciliation.

Vera est couchée sur mes genoux. Je suis ankylosé, je n'ose pas bouger de peur de la réveiller. Je ne comprends pas comment elle a pu s'endormir malgré l'ambiance tendue régnant dans la grande salle, malgré les invectives d'Hermann, et je me dis que cette fille est touchée par la grâce.

Paul de Lavi et Anna font semblant d'être à l'aise. Anna demande à Paul de nous raconter le jour où il a nagé au milieu des baleines. Je me réfugie dans ce récit comme Anna pose sa tête sur l'épaule de son aventurier qui nous décrit des cétacés de vingt-cinq mètres de long en écartant ses bras interminables, ouvrant grand ses yeux bleus des Bermudes, plissant le front, gonflant ses joues, et je l'imagine, seul, minuscule parmi ces géants des mers, spectateur ébaubi d'un ballet de nageoires caudales, à quelques brasses des mammifères aux six cents lames cornées, et je comprends peu à peu tout l'amour qu'Anna lui voue. Charmante Anna avec ses cheveux châtains au carré qui découvre sa nuque, ses yeux pers en amande et ses lèvres ourlées, une de ces femmes que les années ne cessent d'embellir.

Je croise le regard inquiet de Roberto. Sa belle gueule d'Italien, son teint mat m'emportent vers la Méditerranée, là où le disque du soleil embrase à longueur de saisons le bleu si pur du ciel. Il passe une main dans ses cheveux noirs bouclés, je suis fasciné par son visage régulier et parfait dont chaque trait semble avoir été sculpté minutieusement par un artiste inspiré, par un dieu amoureux de beauté. Et je frémis en pensant que Léa aurait pu le rencontrer, en être amoureuse. Lydia me regarde, inquiète elle aussi. Je lui souris, un centième de seconde, je n'ai pas l'esprit à ça, un centième de seconde de sourire ! C'est tout ce que je me sens capable d'offrir.

Gustav caresse toujours l'ivoire du piano. Là-bas, à la fenêtre, Miss Stella et Elsa réinventent l'Amérique en regardant la neige qui recouvre les trottoirs. Cette blancheur adoucit la profonde obscurité qui pèse sur Salzbourg. Et mes yeux s'arrêtent sur Hermann, debout près de la cheminée, perdu dans ses souvenirs barbares. Il boit. Il n'en finit pas de boire. Quelle autre machination peut-il bien ourdir ? Hermann, cet homme seul dont j'ai presque pitié. Je voudrais le voir tout sourire à notre table, boire gentiment son café. Ce serait tellement facile, tellement plus simple.

Imaginez : nous sommes sur une mer étale, je fais la planche, Vera m'éclabousse en battant des pieds, Paul nage au milieu des fontaines des baleines, et les autres, sur le pont de notre voilier où se mélangent des fragrances d'iode et l'odeur du vernis marine, se laissent bercer par le clapot pendant que Gustav joue du piano en poupe. Ce serait tellement facile, s'il n'y avait cette tempête qui se prépare.

Dans le bleu pur du ciel, il y a la brume qui vient de l'horizon, envahit peu à peu tout l'espace. Il y a comme deux ailes de brume qui se font et se défont, ailes d'un oiseau de malheur qui mange le ciel et jette l'ombre sur la mer qui devient noire.

Miss Stella, elle aussi, a remarqué Hermann seul dans son coin. Elle murmure à l'oreille d'Elsa et elle vient vers Gustav.

— Si vous me donniez une leçon ? propose-t-elle.

— C'est une heure à jouer du Satie, lui fait remarquer Gustav.

— Va pour Satie ! s'exclame-t-elle.

— Tenez... D'abord une *Gnossienne*, ensuite les *Gymnopédies*...

— Je ne suis pas douée pour les *Gymnopédies* !

— Mais si, Miss Stella... Allez, il suffit de se lancer...

Et Miss Stella se lance, s'applique, Gustav lui donne le rythme. Je les vois penchés sur la partition. J'écoute, me laisse aller, j'observe Hermann. Il est silencieux, il avale des gorgées de gin. Je ne vois plus Erika dans la grande salle des Hautes-Vagues. J'écoute toujours Miss Stella qui semble être une élève plutôt douée à en juger par la mine réjouie de Gustav. J'écoute, me laisser bercer... « Très luisant... Questionnez... Du bout de la pensée... Postulez en vous-même... Pas à pas... Sur la langue... » J'imagine Satie notant ces impressions alors qu'il composait sa *Gnossienne*. Je ne peux m'empêcher de penser que la musique et les femmes sont une raison de vivre. Je me dis aussi que c'est émouvant de voir une femme caresser un piano.

Elsa est venue s'appuyer sur le piano. Elle ne pleure plus, écoute la musique. Je me sens presque heureux. A nouveau heureux. Erika a rejoint Hermann. Ils se parlent. Je me surprends à penser qu'ils se disent des mots d'amour. Je veux être heureux. Mais je suis un équilibriste qui a eu très peur, trop peur. Je transpire, chancelle, mes jambes ne répondent plus, je me trouve à mi-chemin du filin, je n'ose bouger, comme paralysé je regarde sous moi, en bas la terre à des dizaines de mètres, en bas le fond de l'océan d'encre, et sur ma tête un ciel gris exerce sa pression, je suis un équilibriste sous un plafond de nuages furieux, et le filin sur lequel je reprends mon souffle se rompt à l'instant précis où Hermann repousse Erika avec brutalité. J'avais rêvé qu'ils se disaient des mots d'amour.

— Pousse-toi, je ne te supporte plus, va jouer du Ray Charles ou n'importe quoi... Mais fous-moi la paix !

Hermann a repoussé Erika. Elle s'est assise, ses paupières se sont refermées sur ses yeux bleu pâle, elle a baissé la tête et s'est fondue dans le décor. Et cette soudaine immobilité signifie qu'elle s'est pliée à l'ordre de sa conscience qui lui intimait de ne plus rien tenter. Oui ! Sans pouvoir me l'expliquer, je demeure persuadé qu'elle n'obéit qu'à elle-même. Comme si elle attendait quelque chose, un silence ou la guérison d'Hermann.

Guérir de quoi ? Je ne connais pas la réponse.

Je comprends qu'Erika nous a abandonnés. Hermann a le champ libre. Définitivement, l'enfer s'est ouvert sous nos pas. Chacun de nous l'a senti. Miss Stella vient d'appuyer la dernière note de la *Gnos-*

sienne. Et Hermann s'approche, se frayant un passage à travers notre inquiétude et notre silence. Sa bouteille à la main, il s'assied à notre table, se sert un autre verre, l'avale d'un seul trait, éclate de son rire lugubre, écrase son poing sur la table et balaye les derniers couverts.

— J'ai massacré des juifs...

Hermann vient d'éructer, de cracher, un hurlement, un râle, puis le silence à nouveau, comme après une explosion atomique. Fini le chant des baleines, fini Satie, c'est un coup de poing dans le plexus solaire qui nous étouffe. Je tremble malgré moi, mes muscles se bandent, mes mains se crispent sur le rebord de la table. Mes amis n'ont jamais vu Hermann si plein de haine, ils sont consternés, terrorisés. Miss Stella serre l'épaule d'Elsa. Par je ne sais quel miracle, Vera continue de dormir. Respiration régulière, si belle dans son sommeil, elle est tout ce qui nous reste d'espoir et d'innocence dans cet enfer où Hermann nous attire. Je caresse ses cheveux, je l'envie et je pense « Fais de beaux rêves, Vera ».

Je fais un effort pour desserrer les dents :

— Pourquoi tant de haine ? Qu'est-ce que vous avez ?

— Pauvre Morrisss... répond-il en souriant.

— Répondez-moi... Qu'est-ce qui vous prend, Hermann ?

— La guerre ! Hitler jurait que les juifs étaient impurs... Il fallait s'en débarrasser au plus vite...

— Vous vous rendez compte de ce que vous dites ?

— Ah ! si vous aviez vu ça... On en a trouvé des solutions... Ils n'ont rien compris, les fils du diable... Les salauds de juifs...

— Vous n'avez pas le droit ! s'exclame Gustav.

— Le droit ? Parlez-moi plutôt du devoir, répond Hermann.

— Vous n'avez pas le droit...

— Gustav, cher Gustav ! Je vous aime bien.

— Alors pour l'amour du ciel, ne plaisantez pas avec ça.

— Je vous aime bien... Alors, épargnez-moi votre amour du ciel et votre sensiblerie. Comment oublier ces années ? Comment oublier le passé ? J'en ai marre du calme hôtel à ventilateurs, de cette garce d'Elsa, d'Erika, j'en ai marre ! Et les juifs qui recommencent... Ça ne leur a pas suffi ?

— C'était un génocide, lui rétorque Miss Stella.

— Génocide ! Vous n'avez que ce mot à la bouche... Vous oubliez que ce sont des faits de guerre et je tire ma gloire de ces services rendus à l'humanité...

— Faits de guerre ? Alors qu'il s'agit purement et simplement du massacre de millions d'innocents !

Comme je viens de l'interrompre, il me demande en s'esclaffant :

— Vous les avez comptés, Morrisss ?

Hermann m'écœure, je n'ai pas envie de répondre. Il était une fois des hommes qui niaient l'existence des chambres à gaz et des valets du Reich fiers d'avoir assuré la domination de la race aryenne. Comme je suis très mal à l'aise, je lâche simplement :

— Vous êtes vraiment malade !

— Taisez-vous, Morrisss ! J'étais prêt à tout pour satisfaire aux exigences du Führer... Je suis toujours prêt...

— Vous auriez tué vos parents ?

— Ils n'étaient pas juifs, mais s'ils s'étaient opposés à notre idéal, certainement !

— Vous mentez !

— Je vous interdis, Morrisss ! Hitler m'eût donné un ordre que je les aurais tués... C'est la vérité... Aussi vrai que j'ai torturé des enfants juifs.

— ASSEZ !

— Eh bien, Morrisss...

Hermann ricane odieusement. Et toujours sa manière de m'appeler « Morrisss ». Il me rend dingue, puis c'est un long silence, pénible, que brise enfin Roberto.

— Aimez-vous Charlie Parker ? me demande-t-il.

C'est vrai, la musique adoucit les mœurs. Oui, parlons musique, parlons jazz, c'est une bonne idée. J'essaye de sourire à Roberto. Un centième de centième de seconde. Charlie de Kansas City, Charlie Bird et sa manière si secrète de faire naître l'émotion de son alto. Charlie ! Bien sûr je l'aime, vite, vite, répondre à Roberto, parler musique et détendre l'atmosphère, mais à peine ai-je ouvert la bouche qu'Hermann écrase son poing sur la table.

— Foutez-moi la paix avec Ray Charles et Charlie Parker !

Roberto est blême de colère, il regarde le portier de nuit sans comprendre. A nouveau, Gustav tente de raisonner Hermann, Paul de Lavi fait mine de se lever pour donner l'exemple.

— La plaisanterie est terminée... Je vais dormir, dit-il.

Hermann pousse un gémissement. Il marche vers Paul, lequel vient de décoller de sa chaise, et le repousse d'un coup d'épaule. Anna a juste le temps de l'empêcher d'aller cogner Hermann en se lovant contre lui.

— J'ai massacré des juifs, bon ! reprend-il, mais

avec le recul je m'aperçois qu'on a manqué de vigilance... Il en reste encore...

Je tremble de la tête aux pieds. Ce n'est pas tant la violence sourde des mots que cet acharnement à dégoûter qui nous fait horreur. Je fouille mes poches, prends une cigarette, l'allume, me brûle le front avec la flamme trop haute du briquet de Lydia, aspire une bouffée, toujours ce goût de fer, et je l'écrase dans le cendrier jaune de l'Hôtel des Hautes-Vagues. Hermann continue.

— La preuve en est qu'ils existent encore... Tenez ! cette nuit encore un salaud de juif m'a volé...

Comment en sommes-nous arrivés là ? La folie du portier de nuit semble hors de propos. Comment avons-nous dérivé de ce chèque sans signature au massacre des juifs ? J'apprendrai bien plus tard les raisons de l'incompréhensible réaction d'Hermann. Car c'est incompréhensible. Je suis en train de vivre une histoire à laquelle j'ai du mal à croire ! Bien plus tard, j'apprendrai des choses que jamais je n'aurais osé imaginer, même dans mes délires les plus fous. Hermann semble s'entraîner à être quelqu'un d'autre. Je ne vois pas d'autres raisons. Plus l'homme boit, mieux il nous tient à sa merci. Plus il boit, mieux il nous trompe, nous empêche de tirer les choses au clair. Il nous trompe d'une manière si grotesque que nous ne devinons pas la tromperie. Hermann lui-même ne se rend sans doute plus compte qu'il a dépassé le seuil de la raison. Mais il a commencé, il veut continuer, excité par l'alcool, et la peur qui crispe nos visages. Chacun de nous a perdu sa lucidité. Hermann sent qu'il devient le point central d'une histoire que personne n'oubliera. Qu'importe les moyens, Hermann découvre le plaisir de dominer et ne tient pas à s'en déposséder.

Je croise le regard d'Elsa qui semble me dire « Je suis désolée, c'est un peu de ma faute... », je sais qu'elle serait prête à s'agenouiller si cela pouvait calmer Hermann. Nous serions tous prêts à le faire. Je lui souris, un centième de centième de seconde. Non, exquise Elsa, tu n'es responsable de rien, de cette manière ou d'une autre Hermann aurait justifié sa conspiration. Miss Stella s'est approchée de lui, elle s'agenouille presque.

— Ne soyez pas si cruel, dit-elle, ces hommes dont vous parlez ont enduré mille souffrances injustes et mille morts intolérables. Je ne peux croire que vous soyez un criminel de guerre. Qu'est-ce qui ne va pas ? Je vous connais, moi, vous êtes un homme bien.

Miss Stella me subjugue, Hermann ne répond pas, il a baissé la tête et se tient coi. Cette subite déférence à son égard le laisse contrit, il tombe en défaillance, comme s'il venait de saisir la gravité de ses propos. Et Miss Stella m'adresse un timide signe de victoire par-dessus l'épaule du portier de nuit. Je commence à respirer, bomm, bomm, bomm, un battement régulier. J'ai envie de m'allonger aux pieds de Miss Stella, la vénérer jusqu'à l'aube.

Le désespoir, l'espoir. Un alpiniste a dévissé, il est prêt à se raccrocher à n'importe quoi, une mauvaise herbe qui pousse dans les rochers, la lame d'un couteau, toutes choses qu'il n'aurait jamais considérées dans une situation normale. Imaginez : l'Hôtel des Hautes-Vagues, Hermann qui boit. Qui blasphème. Qui condamne. Qui dégoûte. Et soudain baisse la tête. Vous recommencez à rêver. L'instant se cristallise. Je veux y croire. J'ai envie d'être heureux. Vera dort, je passe la main dans ses cheveux. Imaginez qu'Hermann se lève, un peu honteux, qu'il donne un sourire à Miss Stella avant d'aller se réconcilier dans les bras d'Erika…

Gustav, Vera, Lydia, Roberto, Anna, Paul de Lavi, Elsa et Miss Stella, mes amis ! C'est fini, dans quelques heures le jour se lève, avec le soleil qui étincelle et la neige qui scintille. Dieu, comme je vous aime. Vous avez l'air si apaisé en cette minute, oui ! C'est le bout du tunnel. Je vais vous serrer contre moi, nous allons boire quelque chose de chaud et sucré, juste avant de nous glisser sous les draps. Ils sont un peu rêches les draps blancs des hôtels, je l'ai souvent remarqué, c'est agréable. Dans quelques heures le jour se lève. On va rejoindre les points cardinaux, jongler avec les fuseaux horaires, et un jour, si je deviens l'écrivain que j'ai trahi il y a vingt ans, je raconterai notre histoire, mon premier véritable voyage, mon apprentissage, notre roman des Hautes-Vagues, là où Miss Stella sauve les hommes de la barbarie.

Dieu, comme je vous aime à cette minute. Merci, c'est fini, bientôt le jour se lève. Déjà le manège fou s'est immobilisé, la grande roue du Luna Park, tout le monde descend ! On est encore un peu sonné, la tête nous tourne mais nos pieds touchent le sol, on titube, premiers pas, très vite on peut courir, libre comme l'air.

Imaginez ! Je ferme les yeux, des draps blancs un peu rêches, je bâille, m'étire dans un soupir de plaisir, soulève les paupières, et soudain…

Soudain l'horreur. Hermann explose :

— N'essayez pas de m'attendrir avec vos laïus sur l'injustice. Il en reste encore de ces enfants de salauds, c'est ça l'injustice, espèce de vieille radoteuse...

Hermann a brusquement repoussé Miss Stella qui manque de tomber par terre.

— Quand je pense qu'ils se faisaient remarquer... Même dans la mort ils nous narguaient, silencieux qu'ils étaient ! Pour un peu ils nous accusaient, les juifs !

— C'était pour vous prévenir, gémit Gustav, ils n'avaient rien fait... ils n'avaient rien fait...

Hermann est hermétique à la douleur. Ni la prière de Gustav, ni les pleurs d'Elsa ne l'émeuvent. Il crie, chuchote, ricane, ironise.

— Ils nous défiaient, ces enfants de putains, plus nous en tuions plus nous les détestions, il aurait fallu les étriper plutôt deux fois qu'une... Pour être sûrs ! Ils s'étaient reproduits comme des animaux... Il y en avait toujours. Quel travail ! Vous entendez ? Trop de travail... J'avais même peur qu'ils se réveillent après leur exécution. Ça ne risquait pas pourtant...

— ASSEZ, assez, assez... C'est insupportable...

Je crie à mon tour, Hermann grimace un sourire, je tremble, transpire, mon cri de désespoir s'éteint en un souffle à peine perceptible.

— C'est insupportable, je vous en supplie, nous devons tous dormir.

Tremblant, je soulève Vera, l'installe sur sa chaise, et je me lève.

— Asseyez-vous ! ordonne-t-il, vous vouliez m'entendre, nous irons jusqu'au bout, Morrisss...

Jusqu'au bout ! « Morrisss » ! Le pire c'est que j'obéis à Hermann. Tous, nous lui obéissons. Est-ce la faiblesse ou l'épuisement ? Je me sens comme un homme qui viendrait de subir un lavage de cerveau. Hermann rappelle qu'il a plus de soixante ans, qu'il mérite le respect, que même son père ne lui a jamais fait de remontrances, alors nous n'avons qu'à bien nous tenir.

Ces hommes dont Stefania m'avait narré les crimes avant de prendre la route de Vienne : Hermann est un des leurs. Il était une fois un homme qui nous menaçait, écarlate et vitupérant comme un sergent borné, et nous nous laissions faire.

Vera s'est réveillée, m'interroge du regard, je suis hébété, incapable de la rassurer. Même pas un vague sourire. Rien. J'aurais même une certaine propension à m'effondrer. Hermann me demande si je ne suis pas juif pour m'indigner ainsi, ajoutant que je n'ai pourtant pas une « tête de juif ». J'ai les larmes aux yeux, la sensation que l'on m'enfonce un couteau dans le ventre, qu'on le retourne dans la plaie. Tais-toi... Tais-toi, par pitié ! Conserve ces souvenirs qui t'insufflent la vie mais SILENCE ! Tu nous dégoûtes, nous avons mal. Tu n'as pas compris que nous avions mal ? Qu'est-ce que ça veut dire ? Où suis-je ? Pincez-moi, Miss Stella, c'est un cauchemar.

Miss Stella est impuissante, encore sous le choc de la réaction d'Hermann. Anna essaye de parler, Lydia aussi, chacun son tour on tente l'impossible, sans cesse il écrase son poing sur la table.

— Vous allez la fermer ? C'est moi qui parle ici. Cessez ces apitoiements, vous auriez fait comme moi, c'est une question d'habitude. Vous auriez fait comme moi ! Je sais ce que vous pensez, Morrisss... Vous n'avez pas le droit de me juger. Je devrais vous gifler...

— ASSEZ !

— NON... Écoutez-moi !

Hermann a redressé les épaules, relevé le menton, appliqué ses mains sur les bords de la table tel un maître du monde.

— Écoutez-moi, Morrisss.

J'écoute, comme drogué, je me laisse faire.

J'entends la tragédie de cette jeune fille qui retrouve enfin son père. C'est un camp de concentration dans le soir qui s'installe avec la pluie battante. Le SS Hermann invite le vieil homme à embrasser sa fille. Alors ils marchent l'un vers l'autre, ils voudraient courir, ils sont si affaiblis par la captivité et le manque de nourriture, leurs doigts se touchent, ils tremblent, ils voudraient pleurer, ils n'ont plus la force, leurs mains se rejoignent, ils vont s'embrasser, et le vieil homme s'écroule dans la boue, le crâne éclaté, aux pieds de sa fille qui suffoque de terreur. Le SS Hermann rengaine son arme, des gouttes de pluie dégoulinent sur son visage, la fille est en pleine crise de nerfs, passent les secondes, puis il pose la main sur son épaule. « Tu l'as vu, ton père ! » dit-il, avant de la renvoyer à coups de crosse dans le rang des autres femmes.

Les histoires se succèdent, toujours plus insoutenables, sans qu'Hermann n'omette un seul détail. Pas une seule fois je ne devine le moindre trouble dans sa voix et son visage est impassible. Raide, fier, imperturbable, autoritaire, le poing toujours prêt à s'écraser sur la table, il nous accable d'horreur, nous l'écoutons sans broncher. Pourquoi nous ? Pourquoi cette nuit ? Le destin ! me dis-je. C'est le voyage, la partition. Rien d'autre qu'un mauvais quart d'heure qui nous tombe sur le dos. Un quart d'heure en Enfer qui me fait sentir le poids réel des heures. Je me surprends à maudire la terre entière, les trains, Vienne, Salzbourg, l'Hôtel des Hautes-Vagues, Hermann, Erika aussi. Nous faisons mine de nous lever qu'aussitôt son poing s'écrase encore sur la table, son regard luit de colère, des veines battent à ses tempes. Il faudrait l'assommer. C'est à en devenir dingue.

— Vous aimez vraiment les juifs, Morrisss ?

— Oui, j'aime les juifs plus que jamais, Hermann. Vous n'avez que des souvenirs morbides... Le genre d'homme que vous représentez est condamné depuis longtemps. Vous me faites pitié !

Les larmes me sont montées aux yeux.

Avec une satisfaction indescriptible, Hermann se souvient du petit garçon qu'il acheva d'une balle dans la nuque parce que sa mère ne voulait pas le lâcher. « Mon premier gosse » ! dit-il. Je sens grandir en moi la haine, un désordre inextricable s'organise dans ma tête. Je vois des hommes qui avancent au pas de l'oie, leurs talons qui frappent le sol sonnent l'écho sinistre de la Wehrmacht : Dang-Dang-Dang-Dang — ils arrivent et leurs bottes vont nous écraser. Je ne veux plus entendre, Dang-Dang, je me bouche les oreilles. Ezra ! Que t'ont-ils fait, Ezra ? Où êtes-vous maintenant, Ezra, Sarah et les autres ? Est-ce toi qui les as tués, Hermann ? Les larmes coulent de mes yeux, les prodromes d'un drame étincellent, mes pressentiments du *Mozart Express*, comme une lueur machiavélique dans le regard fiévreux du portier de nuit.

Je deviens fou.

Mes muscles deviennent douloureux à force de se crisper. Je crie, nous crions, Hermann hurle, son poing tombe sur la table. Je me vois, nous vois tous, je nous imagine dans une immense camisole. Nous avons les bras emprisonnés le long du corps, Hermann s'agite devant nos yeux, monde à l'envers qui s'est trompé de fous.

Tout se mélange. Autodafés ! Proclamations solennelles, jugements sans fondement, les juifs ! Ces impies ! A mort les hérétiques ! Certitudes aveugles, fantasmes de péril, épuration. Allez, hop ! Un jugement. Votre crime ? Vous êtes juif ! Le mal, le mal, le mal ! Allez, hop ! Les juifs. Vous êtes le diable ! Allez, chouffff ! une flamme, vous brûlez. Tous ces hommes qui souffraient parce qu'ils étaient innocents. Tous les jours, torturés, exterminés, morts de faim, morts de fatigue, morts de chaleur, morts de tristesse, assassinés. Tous les jours, Hitler, Himmler, Hess, et les autres, à Auschwitz, Belzec, Treblinka, et ailleurs. Tous les jours, un train, une sélection, une douche, le charnier. Tous les jours, ni vu ni connu, le plus vite possible dans les usines de la mort.

Le SS Hermann, un certain matin du 10 novembre 1938. C'est une ville allemande, des bris de verre jonchent le sol des rues désertes. Hermann nous raconte cette fabuleuse nuit qu'il vient de vivre alors, nuit de pogrom, nuit de cristal.

— Écoutez-moi, écoutez la longue nuit du Troisième Reich...

Pillages, déprédations, arrestations, sévices suivis de mort, vitrines des magasins brisées, hôpitaux et orphelinats saccagés, synagogues incendiées. Nous écoutons. Hermann décrit les heures de cristal et nous les imaginons comme si nous les avions vécues. J'ai l'impression d'étouffer quand il nous parle de ces familles juives qu'ils massacrèrent pendant leur sommeil. Parfois, certains avaient juste le temps de se réveiller avant de mourir : « Ils croyaient rêver ! », ajoute-t-il. Je me crispe encore plus. A l'entendre, c'était une partie de plaisir, une belle corrida pour nazis en mal de sensations.

— C'était la colère du peuple allemand ! dit-il en frappant la table du poing, ils l'avaient provoquée leur nuit de cristal...

La colère du peuple allemand ! J'ai envie de lui faire ravaler sa colère. Je sais, nous savons tous les véritables raisons de cette flambée de violence. A Paris, deux jours plus tôt, un jeune juif de dix-sept ans avait abattu le conseiller de l'ambassade d'Allemagne en protestation contre l'expulsion de sa famille dans le no man's land polonais. Voilà la raison de leur colère ! Voilà l'unique alibi des nazis, au lendemain du pogrom, qui justifia les crimes de la nuit de cristal. Alors, tu peux te la fourrer, Hermann, ta colère du peuple allemand ! Tu nous étouffes depuis des heures avec ta haine des juifs, tes jours de rafle et tes nuits de cristal. Va au diable si tu n'éprouves même pas une once de repentir... Va au diable !

J'ai chaud, je suis en nage, j'ai peur de tout, peur de moi. Mathias ! Protège-moi, Ezra ! Empêche-moi... Je vais tuer cet homme. Protégez-moi, empêchez-moi, je ne veux pas tuer un homme. Je croise le regard de Vera, les plus beaux yeux noirs de la terre, elle devine tout, fait non de la tête. Elle me montre la nuit déjà moins noire. Tenir jusqu'à l'aube. Je sursaute. Hermann est pris d'une crise de fou rire, toujours plus fort, qui se répand en nous. Tel un poison. C'est odieux. Et il écrase des miettes de pain sur la nappe en ruminant son beau passé à jamais révolu. Tu pleures, Hermann ? Non, c'est la sueur, ça y est, c'est trop tard ! Je suis enfermé dans sa folie, je suis entré, la porte s'est refermée, elle a claqué dans mon dos comme la dernière ampoule d'un monde au bord des ténèbres.

Je prie, je prie et prie encore, rêve d'une église, moi qui n'y vais jamais. Un seul regard, Hermann, un seul regard qui m'apprendrait tout de toi, avec les mots des yeux qui sont les plus sincères parce qu'ils viennent du cœur sans le déguisement de l'alphabet. Ton vrai visage, Hermann, je veux ton vrai visage ! Je me fous des mots mais ils me pèsent s'il n'existe une lueur de souffrance dans ton regard. Ça me rassurerait tellement une lueur de souffrance. Je prie, Dieu doit dormir. Tes yeux sont vides de douleur. Tu es incapable de demander pardon, tu ne regrettes rien, tu ne peux vraiment pas éteindre le désir de justice qui me hante depuis quelques minutes, que je repousse désespérément parce que je ne suis pas un assassin. Besoin de ton aide et refouler mes idées noires. Je prie, rêve d'une église...

— Hermann ! Vos yeux, on veut les voir, regardez-nous, dites-nous la vérité, aidez-nous...

Il a levé la tête, un peu surpris, ses yeux sont froids, embusqués dans un paquet de ronces, son regard nous échappe, comme s'envole l'espoir au moment crucial. L'alpiniste dévisse, l'équilibriste s'envole. Hermann ne veut rien donner. Il ne peut m'ôter la certitude qui me glace : JE VAIS TUER UN HOMME...

C'est arrivé sans prévenir, les circuits de mon cerveau sont grillés, j'ai trop d'horreur dans la tête, trop de souvenirs qui s'y rattachent. J'ai peur, envie de mourir presque. Les pressentiments du *Mozart Express* : une voiture de sport, l'accident, mon corps, nationale, macadam, Léa est partie, seul au « virage de ma mort », seul avec mon bouquet d'épices, Léopold, « tout peut arriver », Léa, « fais attention à toi », quelque chose allait enfin m'arriver, la partition devait s'écrire... Le *Mozart Express* va me passer dessus, ombre de plus en plus menaçante sur les rails de ma déraison...

Je ne veux pas tuer un homme, incapable de faire du mal.

Hermann a levé la tête.

— Ça vous choque tant le massacre des juifs ? Une si bonne cause... Il n'y a que le premier pas qui coûte ! Vous allez pleurer les youpins toute votre vie, Morrisss ?

Même les mots ne veulent plus venir. Il y a ce rire obsédant qui se répand en nous, « Morrisss », comme un serpent. Elsa pleure contre Miss Stella. Lydia et Anna supplient silencieusement Roberto et Paul de Lavi de ne rien tenter. Gustav, lui, a bien essayé d'emmener Hermann dans sa chambre, mais ce dernier l'a renvoyé à ses concertos. Je ne suis plus Thomas, j'ai la tête qui explose, je suis un homme blessé, la chair déchiquetée, les tripes à l'air, j'arrive à crier « Silence, assez... assez... ». J'ai envie de dormir. Vera me serre l'épaule de toutes ses forces, si puissamment que j'en ai mal, mais ça me fait du bien cette main qui me retient, qui me prévient que les orages ont une fin. Qu'il s'agit de ne pas s'exposer à la foudre. Très bien ! A quoi bon tuer un homme ? Je suis fatigué, des questions et des questions, à bout de nerfs, éviter la foudre, très bien ! Erika ! Portez-moi dans ma chambre, bordez-moi, plus de questions et de questions, je vais dormir dans mes draps blancs un peu rêches. Erika ? Très bien ! Je peux monter seul, je sais monter, vous allez voir ! Allez, j'y vais ! Vous allez voir... Et je murmure :

— Je sais monter seul, pardon... Je ne me sens pas bien...

Je me dirige vers l'escalier, une marche, deux marches, c'est dur ! Je pèse trois cents kilos de désespoir, trois, quatre, ça m'aide un peu de compter ces putains de marches, cinq, six, c'est l'Everest, sept, huit, je trébuche ! Quelque chose me retient, je tourne la tête, Hermann tire sur ma veste. Huit marches !

Huit ! Mon Dieu. Combien en restait-il de ces putains de marches avant de coucher au paradis ?

— Alors ? Morrisss… On s'éclipse ! C'est impoli de fausser compagnie à des amis, sans crier gare ! Vous méritez une gifle…

— Je vais te tuer, sale bourreau… Je vais te crever…

Je n'ai pratiquement pas desserré les dents, comme si ces mots étaient sortis de mon ventre. Hermann me retient par le col, il s'est tourné vers les autres.

— Vous avez entendu ? Il me menace.

Et je reçois une gifle, je chancelle, m'accroche à la rampe. Un seau d'eau froide, ça me rend fou, à hurler. Je viens de ressentir un millième de la plus petite souffrance de Mathias. Un millième ! Et je ne supporte pas. Un millième du calvaire d'Ezra. Un millième ! Et j'ai mal.

— Je vais te tuer…

— Plus fort, Morrisss… J'entends mal !

— Je vais te tuer…

— On ne tue pas pour des youpins, vous plaisantez, Morrisss…

Hermann a lâché le col de ma veste, il se retourne vers les autres. Ils me font de la peine.

— Qu'en pensez-vous, Gustav ? Il est allé trop loin, votre Morrisss... Il m'a menacé... Il mérite une correction... Hein ! Paul ? N'est-ce pas, Roberto ?

Roberto vient de casser le crayon noir qu'il triturait depuis quelques minutes. Il se lève, imité par Paul de Lavi et Gustav.

Je suis sur la huitième marche, Hermann sur la quatrième. Les hélices d'or des ventilateurs tournent, flowp-flowp, j'ai envie qu'elles le décapitent. J'épouse leur mouvement rotatif, elles tournent, tournent, flowp-flowp, des millions de morts sur un manège détraqué, flowp-flowp, l'alpiniste est mort, l'équilibriste aussi, flowp-flowp, black-out, je hurle.

Hermann s'est retourné, sourire, grimace, ha, ha, ha ! Et je lui tombe dessus. Nous basculons tous les deux, dévalons jusqu'au bas de l'escalier, je me retrouve assis sur lui, écrasant ses bras de mes genoux. On arrête de rire, Hermann ! C'est fini ! Plus de Morrisss ! Il va te tuer, Morrisss ! Hermann continue, d'un rire étranglé par mes mains qui lui enserrent le cou. Il suffoque, parvient à me souffler qu'on ne tue pas pour des « youpins », mes doigts se crispent encore, je n'ai jamais eu autant de force. Son visage est congestionné, ses yeux exorbités, il essaye d'avaler de l'air, étouffe, ses pieds martèlent le parquet, il se débat, je hurle « Il te tue, Morrisss », je l'écrase de tout mon poids, mes mains attachées à son cou, flowp-flowp, combien de temps avant qu'un homme ne meure ? Autant de secondes qu'il me restait de marches à gravir avant le paradis ? Plus longtemps ? Six millions de morts ! Six millions de secondes, flowp-flowp, Roberto, Paul de Lavi et Gustav arrivent dans mon dos, s'agrippent à mes épaules, me tirent en arrière, je ne sens rien du tout, plus tout à fait moi, collé au sol comme une ventouse, écrasant Hermann de mes trois cents kilos de désespoir, flowp-flowp, il ne résiste plus, sa langue sort de sa bouche, je lève la tête vers le plafond, au ciel, ferme les yeux et vacille, fflowwp, soulevé de terre comme une plume, vidé, exténué, me retrouve debout devant Gustav, Paul de Lavi et Roberto, les bras ballants, le corps tremblant, les larmes aux yeux, à fixer le portier de nuit qui gît sur le parquet des Hautes-Vagues. Anna vient de s'agenouiller, se penche sur le cœur d'Hermann, c'est fini ! Je pleure enfin. Elsa sanglote, Miss Stella essaye de la calmer. Vera s'est blottie contre son frère. Anna s'est relevée. Les autres sont immobiles. Je pense que c'est dur de tuer un homme. Je pense que je viens de le faire. Maintenant, c'est le silence et les sanglots d'Elsa. Le silence, les sanglots, tout autour de nous. Hermann est mort, le feu éteint, ma rage aussi. Quelque chose m'arrivait enfin.

Dans quelques heures le jour se lève.

Gustav, Paul de Lavi, Roberto, je sens leur souffle et leur regard dans mon dos, ils ne savent quoi dire, personne ne sait quoi dire. Il n'y a rien à dire. Hermann est mort, c'est tout.

Tel un somnambule, je ramasse François-Joseph, marche vers le bar, raccroche le cadre à son emplacement, me sers un Johnnie Walker. Je flagelle, m'assieds, attends. Quoi ? Je ne sais pas. Je pleure, je suis bien. Je regarde mes amis anéantis, j'aimerais qu'ils aient connu Ezra et Mathias. Qu'ils ne soient pas tristes. Erika ! Miss Stella vient de parler.

— Erika ! Où est-elle ?

— A l'étage, elle prépare les lits, répond doucement Gustav en entourant Vera de ses bras.

Je lève les yeux.

Erika, éclairs bleu pâle, éclats argentés.

Je la vois, en haut de l'escalier, au paradis.

Immobile, elle ressemble à un fantôme en deuil dans sa robe noire, le visage à demi éclairé par la lumière d'une vasque. Je ne distingue qu'un seul éclair bleu pâle, quelques éclats argentés. Elle ne bouge pas, me fixe, au seuil du paradis.

Et je demande à Gustav :

— Voulez-vous prévenir la police ?

Je ne veux plus bouger. Miss Stella recouvre le corps d'Hermann avec une nappe. Gustav s'approche, je vois qu'il pleure. Il me regarde. Il ne dit rien. Mon ami, mon frère, il me prend dans ses bras, je le serre contre moi et je suis secoué de sanglots.

— Je m'occupe du téléphone, murmure Paul de Lavi en me tapant sur l'épaule avant de disparaître dans le hall.

Je suis dans les bras de Gustav, je pense à Léa, à la vie qui l'attend. Ce geste monstrueux, je me sens bien, malgré tout. Je vois des paysages, beau temps, musique, inflorescence des désirs, mes amis sont là, la vie belle, la vie douce. Je rêve éveillé contre le cœur de Gustav, qui bat, qui pleure, et j'attends la police.

Miss Stella gravit les marches, lentement une à une, comme si elle voulait retarder l'instant où elle serait à hauteur d'Erika. Roberto et Lydia préparent du café. Je termine mon Johnnie Walker. Vera coule son regard noir dans le mien. Gustav est allé fumer une cigarette près de la fenêtre. Il regarde la rue comme s'il voulait que la Volkswagen recouverte de neige fasse marche arrière jusqu'au Tomaselli. Quelques heures en arrière avec Mahler. Ce serait l'idéal. Vera ne pleure pas, c'est plus dur encore, je sais qu'elle a très mal de n'avoir su me retenir en attendant l'aube. Bientôt la police arrivera, dans quelques heures le jour se lève.

Erika descend au bras de Miss Stella, elles me frôlent. Miss Stella a passé sa main sur mon visage. Erika ne m'a pas donné son regard pâle. Elle vient de s'allonger contre Hermann avec ses larmes silencieuses. N'a rien dit, n'a pas crié.

J'entends une sirène lointaine dans la nuit qui s'enfuit comme une voleuse. Encore quelques rues, quelques virages prudents sur la chaussée enneigée, quelques minutes, la sirène m'enlèvera. Je suis calme, très fatigué mais vraiment calme. Je flotte sur un nuage, gris transparent, enveloppant, chaud comme le café que Lydia vient de me servir. Derrière mon bol fumant, j'observe Paul de Lavi et Anna, plongés dans un profond mutisme, il a la tête entre les mains, elle lui caresse le dos, et je sais qu'ils sont brisés par cette aventure. Personne n'aime les histoires où les hommes trouvent la mort. Ça n'arrive pas qu'aux autres ! Une idée qui m'est venue comme ça… Il y a quelques minutes, j'étais Thomas Morris, envoyé spécial en Autriche pour les *Nouvelles du Globe*, et tic-tac-flowp criminel ! En un éclair de seconde comme Franz à Vienne. Non ! pas comme lui, j'avais le choix. Enfin. Je ne me pose pas la question. On a le choix quand on a l'esprit clair. Comment avoir l'esprit clair ? Je ne me pose pas la question…

Flowp-flowp, ça me fait penser aux ailes d'un aigle qui s'apprête à fondre sur la terre. La sirène ! Elle est là. Le bleu métallique du gyrophare balaye la rue de l'Hôtel des Hautes-Vagues, balance des morceaux de ciel artificiel dans le hall. Hall tranquille où j'attendais que le jour se lève, à voyager d'Israël en Infini.

Qu'adviendrait-il à présent ?

Incapable d'analyser les conséquences de mon acte, je n'ai que des sensations fugaces, idées éparpillées, dans une sorte de coma où ma vie défile en flou sur un écran de brouillard. Tout est déformé. Je sais que je suis assis, il y a les amis, la sirène, le gyrophare qui éclaire l'espace de lueurs intermittentes et sinistres, voilà !

Entrent les policiers.

Gustav leur parle, ils rangent leur arme, s'approchent de moi. J'ai droit aux usuelles répliques d'arrestation, comme dans les films, avant qu'on ne me passe les menottes.

Gustav et Vera se jettent contre moi, une seconde peut-être ! Je la vis intensément cette dernière étreinte avec l'amitié, la jeunesse et la liberté. Si vous aviez connu Ezra ! ai-je envie de confier. Je ne dis rien, larmes aux yeux. Je cherche le regard bleu pâle d'Erika, je n'ai pas pensé à elle, à son amour, je n'ai rien pensé, ou si peu, j'avais trop mal.

Je me souviens de ma dernière accolade avec Mathias, de ce qu'il m'avait dit avant que mon avion ne crève les nuages de Tel-Aviv.

— La partition devait s'écrire, dis-je.

M'ont-ils compris ?

Les policiers m'entraînent.

Je les suis, visage tourné vers mes amis. Jusqu'au bout je ne les quitte pas des yeux, comme si mon regard pouvait effacer le mal. Miss Stella me souffle un baiser d'Hollywood. Erika est effondrée sur l'ivoire et le bois, *Lili Marlène*, Gustav ne se bouche pas les oreilles. Et plus rien.

Dehors, le froid, la nuit qui s'évanouit, la neige

qui craque sous nos pas, la fourgonnette sous l'enseigne clignotante des Hautes-Vagues : adieu, espadon des villes, néon bleu de mer, blanc d'écume, adieu mes chers amis. Et nous démarrons. Les deux policiers sont assis chacun d'un côté, ils regardent les vitres grillagées du fourgon cellulaire. Et la sirène parcourt les rues blanches de Salzbourg.

Je ferme les yeux... Léa, notre premier baiser à Deauville...

Je viens de tuer un homme. Pourquoi tant d'obstination à réveiller l'horreur ? Je ne comprends pas, trop fatigué. Je dors déjà, je crois. Je demande si je peux avoir une cigarette. Je peux. Ils craquent une allumette, j'aspire, exhale, mon cœur bat vite, fume trop. Je pourrai m'arrêter en prison. Non ! Je ne pourrai pas. Au bout de la ville, à quelques rues maintenant, un autre monde m'attend où la vie n'a sûrement pas le même goût.

« Il venait de la lumière et allait vers une lumière
plus grande
et sa cellule était pleine d'allégresse. »

Rappelez-vous !

Les vers de Rilke, comme avant-hier gare de l'Est. Avant-hier. Dix ans déjà j'ai l'impression... Deux jours seulement !

La fourgonnette stoppe. S'ouvrent les portes de la prison. A l'Hôtel des Hautes-Vagues, Erika a peut-être trouvé le billet que j'ai griffonné sur un coin de nappe, d'une écriture tremblée, ces mots de Sartre précisant que l'antisémitisme ne rentre pas dans la catégorie de pensées que protège le droit de libre opinion. Je souhaite que non, trop de mal a déjà été fait. Le voyage, la partition, la mort...

Je pense que je n'ai jamais dormi en prison. La lourde porte se referme. Je me sens proche de Franz. A l'est, l'horizon a pris les couleurs du feu. Le jour se lève. Je m'endors.

Quatrième partie

« — Vous êtes triste d'aller en prison ?
Un peu triste, messié général. Mais content qué jé n'ai pas tiberkilose.
— Et si vous aviez la tuberculose ?
Alors content dé né pas avoir le cancer.
— Et si cancer ?
Alors content d'être jif. C'est une catastrophe mais belle. »

Albert Cohen.
Mangeclous.

Torse nu, chapeau sur la tête, il avance vers moi, loin encore sur un lac salé, mais je devine son tatouage au bras gauche, ancre de marine qui contraste avec l'ocre des dunes de sable. Un mirage ! Je connais cet homme... Mais le sable... Pourquoi ?... Le désert ! « O Solitude » ! Il chante du Purcell... Commande une longue caravane de dromadaires chargés d'or de Tombouctou et de plumes d'autruches... Les esclaves sont libres et chantent et dansent avec l'homme à l'ancre de marine... Je veux bouger... Les rejoindre... Chanter avec eux... Je suis paralysé... J'ai froid... Dans le désert. Je vais mourir de froid, je crois... Ha, ha ! En plein midi dans la spirale du soleil... Foutu désert ! Sable dans les yeux... Foutus dromadaires qui vont bientôt m'écraser, passer sans me voir, m'écraser. Je suis invisible dans un foutu mirage ! Dans une bon Dieu de tempête de sable... Foutu sable, larmes aux yeux... Je débloque ! Moi, Thomas, invisible dans le désert à jurer contre le sable qui m'aveugle, paralysé, à désirer rejoindre une caravane d'or et de plumes pour chanter du Purcell avec le tatoué au chapeau et les esclaves libres qui l'escortent... J'ai froid... Pas de vêtements... Nu comme un ver, encerclé de rats des pyramides qui me tournent autour en couinant... Rats des pyramides... Et l'homme qui me hèle à présent ! Loin mais j'entends sa voix comme s'il me soufflait un secret à l'oreille... Le même son net que les appels dans les haut-parleurs des gares... Dingue... Qui est cet homme ? Et cette femme à ses côtés ? Un peu voûtée, elle boit du jus d'orange... Étoile du matin blême ! Elle m'offre un sourire... De ceux qui donnent envie d'être bon pour le restant de ses jours...

— Ho, hé ! Thomas.

Mon nom. Je n'ai jamais rencontré cet homme, la femme oui, mais l'homme... Je le connais pourtant ! J'en suis sûr ! Mais où... Où suis-je... Pourquoi le sable... Le désert... Le Sinaï ? Merde... Sais pas...

— A l'aide ! Ici... Je suis là ! Qui êtes-vous ?

Toujours froid... Toujours midi avec le soleil vertical qui me dessèche la gorge... Toujours midi... Le temps s'est arrêté... Je parle... Aucun son ne vient... Plus de voix ! Mon Dieu ! Ma voix ! L'horizon vacille... J'ai la nausée... Allongé sur un lit de pierres polies par la force d'abrasion du sable... Damné désert sans limites... Hors du temps, je me trouve dans un champ de dunes, sans voix, mais... Mais c'est comme si l'homme au tatouage venait de recevoir mon S.O.S. télépathique.

— Je suis un ami ! Et tous ces esclaves que je viens de libérer le sont aussi...

Cette voix si forte, si chaleureuse... Mais qui... Qui est cet homme ? Pourquoi la nausée ? Pourquoi le froid ? A l'heure où il faudrait s'ensevelir à des centimètres de profondeur dans le sable, à l'abri des rayons cuisants du soleil... Et moi j'ai froid ! Si j'étais mort !

— Je suis le maître des dromadaires, seigneur du désert et libérateur des hommes.

L'homme entend toutes mes pensées ! Je veux me frotter les paupières, retirer le sable qui m'irrite de plus en plus… Mes doigts ne répondent pas… Mains crispées comme si elles étouffaient quelqu'un, étranglaient le soleil qui me congèle. L'homme semble flotter dans l'air… Tout-Puissant sur les eaux… Dieu du ciel ! Le jugement dernier…

— Mon Dieu ! C'est vous ?

— Ha, ha, ha ! Dieu n'a pas de tatouage…

— Alors ?

— Votre avocat !

Mon avocat, torse nu, coiffé d'un chapeau de notaire… Dans le désert… Et les esclaves affranchis me font des signes… Mais Gustav, Vera, Paul de Lavi, Anna, Roberto, Lydia, Elsa, Miss Stella… Dingue… Mes chers amis… Esclaves libres ! Mais comment ? Que faites-vous ici ? Et moi ? Sais pas… Fou… Seul, invisible dans un désert que j'imagine, nu, désarmé… Ils me font des signes… Une femme qui ressemble à Léa lance un bouquet d'épices qui atterrit sur un cercueil en acajou… Cercueil… Ivoire et bois… Une femme penchée dessus pleure silencieusement… Erika ! C'est vous ? Ha, ha, ha ! Ce rire ! Je reçois des éclairs bleu pâle… Erika parle doucement, apaise la folie de son mari… *Lili Marlène…* Silence… Si juste… Comment suis-je arrivé ? Je n'ai pas souvenir d'un quelconque voyage… Ou alors la partition… On se retrouve dans le désert comme ça… En un éclair de seconde… Avec des fantômes plus vrais que nature et des animaux qui flairent mon invisible présence sans oser s'approcher ! L'homme avance toujours dans la tempête de sable, n'en finit pas de s'approcher sans jamais me rejoindre tout à fait... Il est mon avocat, cependant je suis attaché, paralysé, sous le soleil qui me donne des frissons dans ce jour qui n'en finit pas, à attendre la nuit qui ne viendra jamais... Deux policiers font leur ronde dans le ciel, équilibristes à menottes... Ils me surveillent... Je vais rester seul pendant longtemps... Ils m'ont dit ça les policiers qui volaient près du soleil. Une vipère à cornes dont le venin agit par coagulation du sang à l'intérieur des vaisseaux... Qui me guette ?... Morrisss... Et les rats des pyramides, les lézards des palmiers, les cormorans des alizés, un aigle de Bonnelli dans une robe de juge... Alignés... Un tribunal ! Où suis-je ?

— Dans le Sinaï, Thomas !

Je n'en reviens pas... Le parfum des acacias me monte à la tête. Que font ces animaux autour de moi ?

— Le tribunal ! L'aigle de Bonnelli est votre juge...

— Un tribunal ?

— Oui, votre procès ! Je suis votre défenseur.

— Comment... Quel est votre nom ?

— Winston Churchill ! Pour vous servir.

Churchill d'Angleterre... Je savais bien... Je n'en reviens pas... Churchill... Définitivement fou à lier, irrécupérable, bon pour la camisole de force... Sûrement la chaleur... L'insolation... Tellement dingue que je délire... Si froid... A l'intérieur je dois brûler... Winston Churchill ! Torse nu, ancre de marine tatouée sur le bras, chapeau de notaire, cigare à la bouche, en maître des dromadaires, libérateur des esclaves et avocat des assassins... Allez ! Remets-toi, Thomas...

— C'est ici, sur le mont Sinaï où je me tiens, que

Moïse reçut la Loi de Dieu. Quelle place idéale pour ma plaidoirie !

— Vous êtes un mirage !

— Qu'est-ce qu'un mirage ?

— Comme une île dans un désert... de l'eau à l'horizon, on croit apercevoir de l'eau... réfraction de la chaleur, je crois... illusion d'optique... l'île n'est qu'une dune qui semble se refléter sur une nappe d'eau...

— Un vrai dictionnaire ! répond Churchill en riant, tout de même, si l'apparence est trompeuse, l'important n'est-il pas d'être séduit ne serait-ce qu'un court instant qui réveillerait l'espoir, mettrait en branle la mécanique du cerveau ? Mirage ou pas, ce qui compte c'est de garder espoir...

Ces mots si justes, cette voix émouvante... Et toujours Purcell... *Ô Solitude*... Le soleil qui tourne, tourne, morceaux d'or qui m'aveuglent par intermittence, me grillent l'intérieur du corps, mes membres paralysés, gelés, presque morts... Soleil qui tourne, tourne, comme un manège emballé... une sirène de police qui me crève les tympans... Et Churchill d'Angleterre, le prophète, le grand, le courageux, l'homme de cœur et de fermeté, Churchill ! Sang, larmes, fatigues, sueurs, victoire au bout du voyage... Je suis en face du géant qui incarna la résistance de l'Angleterre face à l'Allemagne hitlérienne... La tempête de sable est finie... Churchill est sur le mont Sinaï avec... Ezra, Mathias ! Si ému... Je revis... me suis purifié dans un paysage violent, immense, éclairé, silencieux... Elans métaphysiques ? Ne sais pas... Juste un peu de thé brûlant... Une galette de mil... Choses essentiellles... Débarrassé de faux-semblants... Les choses essentielles dans le désert... Après le procès, j'irai à

Assouan, longerai la lagune du delta du Nil, rallierai Le Caire… Churchill m'a redonné confiance… Mirage ou pas… Confiance… Je vais refaire le voyage de Heim de Balsac… En Afrique, au Maroc… Vivre au milieu des tamaris arborescents, des acacias et des mimosacées… Oranges bleues… Thé brûlant et galette de mil avec les Touareg… Sur les terres arides au Tropique du Cancer… Grâce à Churchill, n'ai plus peur… Nous parlons, savourons quelques bouffées de cigare… Avec Ezra et Mathias… Tellement heureux de vous revoir… Et la fumée si fraîche en bouche… Tabac de Java… Avec Churchill, Ezra et Mathias… Les autres dorment sous les tentes… La vie est belle… Tabac de Java… Tant pis si c'est le cigare du condamné, dernier Havane avant la prison… Je suis une oasis… Le vent souffle entre les branches d'un palmier-dattier… J'entends *Flamenco Sketches,* long cri mélodieux du cuivre de Davis dans une nuit espagnole… Pourquoi la nuit ? Une sensation… Et Coltrane enlacé à son Zelmer comme aux reins d'une belle en or, éclats de soleil, chaloupant en équilibre sur les grandes marches du jazz… Jazz qui coule dans mes veines, rivière de notes plus précieuse que les diamants, plus riche que la prodigalité d'une grappe de milliardaires… J'écoute ce concert en l'honneur de Churchill, Mathias, Ezra et moi-même… S'approche le lézard des palmiers… Disparaissent mes amis… S'efface le désert… Le lézard a sauté sur mon ventre… Je sursaute… tempête de sable noir… Fausse note de Coltrane… S'envole la partition… Hautes-Vagues d'obscurité… Le lézard a sauté sur mon ventre… M'éveille, sursaute, crie, repousse avec dégoût le cafard qui se promène sur mon torse, frissonne, mes poils se hérissent, le cafard s'enfuit dans un trou du sol de ma cellule.

Je me frotte les yeux, un peu hébété, tourne la tête vers le soupirail de ma prison. Quelques rais de lumière se glissent entre les barreaux, c'est le matin. Dans ma prison de Salzbourg.

Je suis là depuis cinq jours, toutes les nuits le même rêve avec Churchill dans le désert, toujours les cafards qui sortent comme des vampires, que je tue mais qui seront toujours plus nombreux.

Derrière le mur, j'entends Fred qui joue du saxo avec deux trois fausses notes de-ci de-là. Il me réveille tous les matins en parodiant Coltrane.

Aujourd'hui, première visite de mon avocat. Je dois être présentable. Depuis mon incarcération, je me suis un peu oublié : odeur de rat crevé et douloureux mal de reins en raison d'une couchette par trop inconfortable. Je bâille, m'étire, me soulève, en appui sur les bras, les yeux collés par le sommeil, j'inspecte la cellule : une porte blindée, quatre murs suintants dans une pénombre à peine dérangée par ce qui reste de la lumière du jour lorsqu'elle est parvenue à s'infiltrer entre les barreaux du minuscule soupirail. « Un soupirail, des soupirants » me disait mon grand-père en parlant de l'amour impossible. Machinalement, je cherche mon paquet de cigarettes, vide depuis trois jours, tout froissé dans la poche de mon uniforme de taulard. Je pivote sur les fesses, balance mes deux jambes sur le sol et marche en traînant les pieds jusqu'au lavabo pour faire ma toilette.

Il y a un petit miroir moucheté juste au-dessus, accroché par une chaîne à un clou rouillé, qui me renvoie une image inattendue : une barbe de naufragé qui ressemble au décor de l'oubli, une tête à changer de trottoir, une sale gueule de tueur, c'est la première fois que j'y pense ! Rase-toi, tueur, rase-toi, lave-toi, arrête de gamberger, soigne ton apparence et le moral tiendra. Rase-toi et fais-toi une beauté en ce grand jour.

Onze heures, toujours personne. Je suis assis au bord de ma couchette, coudes sur les genoux, tête entre les paumes, à observer un cafard qui hésite à grimper sur ma chaussure. Je fais glisser mon pied, l'immonde bestiole s'enfuit comme une comète vers une aspérité. Vingt-quatre heures sur vingt-quatre, ces insectes me narguent et me donnent la chair de poule, à tel point que je vais bien finir par m'y habituer, on deviendra bons amis, qui sait ? Et je serai le premier homme à posséder des cafards apprivoisés...

Je pense à Léa. Envie de musique et Fred s'est arrêté de souffler dans son saxo. Dans sa cellule il doit faire une réussite, à moins qu'il n'écrive à 80-50-80, la rousse de Frisco. Fred est un peu le double de Paul de Lavi : beau gosse, une rousse à Frisco, une blonde à Berlin, une brune à Séville, et des compromis dans le reste du monde qu'il n'a cessé de parcourir, armé de son cuivre d'or, de cabaret en cabaret, jusqu'au matin de son casse, par amour d'une vamp platine portée sur les visons, qui le conduisit voici deux ans dans cette prison de Salzbourg.

J'ai besoin d'une cigarette. Envie d'écouter les informations, même si les choses n'ont pas changé en une semaine : les politiciens doivent se chamailler comme des chiffonniers, d'innombrables guerres durent comme une longue maladie, les chevaliers de la Légion d'honneur, de l'ordre national du Mérite, croix de guerre et autres pas récompensés se noient de la même façon dans le fleuve en crue des quotidiennes rubriques nécrologiques, à coup sûr ! Mais le marbre me manque, le journal qui accouche avec quelques colonnes de mots bleu ciel tout de même, parmi les chapeaux noirs de violence et d'injustice, et qui effacent le temps d'un souffle d'espoir le rouge sang des actualités de notre singulière comédie humaine.

Je pense à mon article sur les sans-abri de Vienne, à mon plaidoyer, à Franz, sans parvenir à rien mettre en forme. J'ai besoin des lumières de mon avocat.

Je pense à Erika, à son regard bleu pâle. Pourquoi cette attitude d'effacement ? Quel secret derrière son silence ? Et mes amis ? Léa ? Mes parents ? Comment vont-ils ? Autant de questions qui me taraudent depuis cet éclair de seconde, depuis que je suis un fait divers. Il n'est pas facile d'être un assassin aux yeux de ceux qu'on aime.

Onze heures quinze. Bruit de clé dans la serrure. S'ouvre la lourde porte blindée, résonne la voix du surveillant : « Maître Lazalma », dit-il avant de nous enfermer à double tour. Je suis toujours sur ma couchette, tête entre les mains, perdu dans la contemplation du sol de ma cellule ; le gardien est derrière la porte, je sens son regard de Cyclope à travers le métal. Je lève la tête. Immobile dans l'ombre, l'avocat semble gêné, emmitouflé dans une canadienne, une main dans la poche, l'autre portant une sacoche en cuir fauve. Lazalma me lance un sourire.

— Salut, Thomas...

Je me frotte les yeux, me lève. Je reconnais cette voix.

— La Havane, vous vous souvenez ?

La Havane... La Havane ! année 70, mon reportage sur Che Guevara. Haraldo Lazalma ! Lumière blanche d'un pays de soleil, c'est impossible...

— Haraldo Lazalma... Cabaret Tropicana... c'est vous ?

— Haraldo Lazalma, rue Neptuna à La Havane, répond-il en sortant de l'ombre.

Et je retrouve son visage, son nez aquilin, « bourbonien » comme il dit, ses yeux gris-vert, son sourire de Casanova et ses dents de Fernandel. Nous n'arrivons pas à parler, c'est une telle surprise, nous nous regardons comme deux rescapés de guerre qui ne peuvent s'empêcher de replonger dans leur mémoire, parce que les souvenirs et l'éclat d'un regard ont plus d'importance que les discours.

Il était une fois un voyage à La Havane sur les traces de Che Guevara. Haraldo Lazalma, avocat des causes perdues, m'avait guidé dans les rues de cette île des Caraïbes jusqu'à la demeure d'Ernesto Guevara, père du Che. Nous avions arpenté le boulevard du bord de mer où les amoureux s'embrassaient, balancier enlacé de leur corps en équilibre sur le parapet du Malecon. Pendant deux jours, Haraldo fut mon interprète, j'avais enregistré la belle voix d'Ernesto.

Avant mon départ, Haraldo m'avait ouvert le cœur de son île pas comme les autres. La Havane était presque immobile malgré le temps qui passe, instantané jauni par les années, image en attente, carte postale craquelée, insensible à la course du progrès.

Avant mon départ, c'était un après-midi d'orage avec les palais espagnols battus par une pluie violente et le vent qui soufflait dans les palmiers royaux. Nous nous étions réfugiés sous les arcades des galeries, de l'autre côté du boulevard de bord de mer, où roulaient au ralenti des Buick et des Chevrolet, paquebots du bitume avec leur petit oiseau stylisé vibrant en proue. Les américaines un peu rouillées semblaient flotter sur la mer démontée. Haraldo m'avait confié qu'il quitterait La Havane afin d'épouser la créature de ses rêves rencontrée sur le Danube. Romantique et sublime Haraldo ! Il était amoureux et comptait ouvrir un cabinet à Vienne. « C'est pas mal l'Autriche ! », m'avait-il assuré avec son sourire de Casanova. Puis il m'avait entraîné sous la pluie, nous avions couru vers un curieux DC3 transformé en café, nous avions bu le verre de l'amitié.

En une heure le soleil était revenu, le vent était tombé, la mer s'était calmée et les chromes des américaines brillaient sous l'arc-en-ciel de La Havane. A l'aéroport, dernier sourire à Haraldo, embarquement et décollage. A travers le hublot, j'avais admiré la ligne bleue du Gulf Stream qui contrastait avec les sept couleurs du spectre dans le ciel, enfin le Boeing avait pris de l'altitude, s'était caché parmi les nuages. Je n'avais plus jamais revu Haraldo. Statue de ma mémoire, c'était il y a vingt ans.

Maintenant, il me fait face. Je n'en crois pas mes yeux, Haraldo est très ému. Tu vois, Haraldo ! Je suis un assassin… Envie de pleurer. Si j'avais imaginé qu'on se retrouverait dans une prison, si j'avais le pouvoir d'invisibilité juste en claquant des doigts. J'ai un peu honte, me racle la gorge.

— Tu vas me défendre ?

— Je ne suis pas venu pour l'extrême-onction, répond-il.

— C'est bon de te revoir… J'aurais préféré ailleurs !

— Tu vas bien, Thomas ?

— J'ai l'impression d'être en prison !

Nous nous embrassons, rions, refoulons les larmes. L'étonnement fait place à la tendresse. Haraldo ne pose aucune question, il me serre contre lui, me souffle à l'oreille qu'il va me sortir de là. Je ne veux croire en rien, mais j'ai confiance en lui. Il est venu, c'est déjà un miracle.

— Tu vis à Salzbourg ?

— A Vienne ! Je m'y suis marié avec la créature du Danube, tu te souviens ? J'ai un cabinet là-bas... Dès que j'ai su, je me suis précipité...

— Toujours aussi romantique et sublime à ce que je vois.

— On est toujours romantique et sublime avec ceux qu'on aime, cher voyageur !

— C'est très chic. Tu n'as pas changé depuis La Havane...

— La Havane ! Si tu savais comme j'ai la nostalgie des Caraïbes. Le Malecon me manque, le Tropicana, la rue Neptuna aussi... Au fait, tiens ! Je t'ai apporté quelques petites choses.

Haraldo sort de sa sacoche une cartouche de Lucky Strike, des journaux et du papier Jeand'heurs extra strong s'il me venait l'envie d'écrire un beau livre sur des feuilles de 80 g. Je pose ces trésors au pied de ma couchette et j'allume à la hâte une Lucky. Une blonde ! C'est si bon après ces jours sans rien d'autre qu'angoisse, solitude et cafard. J'aspire mille bouffées, la vie est douce.

— Assieds-toi, Haraldo ! Raconte-moi... Besoin d'y voir clair.

Nous nous installons sur la couchette. Haraldo cherche ses dossiers. Depuis l'incarcération, j'ai perdu mon nord, mon horizon. Une tempête a décoiffé les maisons de mon village, je ne suis plus qu'une ombre dans un cachot. Je ne cesse de me demander si tous les assassins se transforment en ombres. Une ombre, une ombre, une ombre... Je ne cesse de me le répéter. Il est midi au poignet d'Haraldo. Et j'écoute, stupéfait, le récit de la carrière militaire du portier de nuit des Hautes-Vagues. Un soleil de plomb écrase mon village, plus d'ombre nulle part, Haraldo raconte, j'ai du mal à respirer.

J'apprends qu'Hermann était à Berlin en 1940, dans le régiment d'artillerie antiaérienne. Qu'il quitta l'Allemagne en 1941, et continua de servir dans la DCA jusqu'en 1943, d'abord en Russie, puis en Hollande. Qu'un an plus tard, le 4 août 1944, la guerre était terminée pour lui : alors qu'il se trouvait au front, près de Caen, les Alliés débarquèrent et le firent prisonnier. Libéré en juin 46, il rejoignit Vienne, rencontra une femme qui revenait de Cuba, l'épousa. Très vite, le couple délaissa Vienne pour Salzbourg, Hôtel des Hautes-Vagues, qu'ils ne devaient plus quitter jusqu'au jour du drame.

Haraldo n'y va pas par quatre chemins : Hermann n'a jamais été un nazi ! Nombreux se recoupent les témoignages tendant à prouver sa mythomanie : autorités militaires et proches de la victime affirment qu'il n'a à aucun moment adhéré au National-Socialisme. A l'annonce de son décès, un de ses camarades de guerre a raconté qu'Hermann n'incarnait pas un exemple de courage physique, s'illustrant plutôt par sa passivité que par des actes violents. De retour à la vie civile, ses discours provocateurs avaient effectivement semé la zizanie au cours de soirées bien arrosées. Cependant, Hermann s'effaçait toujours dès que les choses tournaient au vinaigre, prostré dans un coin à attendre que ses amis vinssent le tirer d'affaire.

J'ai du mal à respirer. Alors j'ai tué un fabulateur ! Les murs de la prison se resserrent autour de moi. Soleil de plomb. Pourquoi ? Pourquoi n'a-t-il pas mis un terme à ses vantardises quand je l'ai menacé ? Comment a-t-il pu ignorer mon désespoir ? Pourquoi ne s'est-il pas effacé cette fois-ci ? Pourquoi moi ? Pourquoi...

Plus d'ombre, soleil de plomb. Haraldo a beau m'expliquer que de pareils cas ont déjà été recensés, notamment après la guerre, où furent retrouvées des lettres de jeunes soldats se vantant d'avoir commis une pléthore de crimes identiques ! Je n'imagine pas qu'un homme mûr ait pu se livrer, quelque quarante ans plus tard, à un jeu aussi odieux avec le passé. Et pourtant. Plus récemment encore, continue Haraldo, dans un restaurant de Vienne, un homme qui se prétendait nazi et se plaisait à décrire le viol de jeunes filles juives fut appréhendé par la police : contrôlant l'identité du fier nazi, les agents constatèrent que ce dernier n'était encore qu'un enfant pendant cette sinistre période ! Justifiant son comportement, l'homme répondit avec un drôle de sourire que ses amis adoraient ce genre d'anecdotes.

Haraldo fouille dans sa sacoche. Il en sort une pile de déclarations et de coupures de presse concernant les diverses provocations des « nostalgiques » du Troisième Reich et autres néo-nazis. Il me présente la dernière en date :

LA PARTITION DU VOYAGEUR
L'ASSASSIN DES HAUTES-VAGUES
UN JUSTICIER ANTINAZI ÉTRANGLE UN
INNOCENT PORTIER DE NUIT

Suit un article de trois pages que je n'ai pas le courage de lire. Je suis dégoûté. C'est moi le justicier ! Moi, Thomas Morris, reporter aux *Nouvelles du Globe* ! Ce n'est pas vrai... Comment peut-on écrire sans savoir ? Oui, j'ai étranglé un homme, c'est un fait, le reste est faux ! Il n'y a pas plus de justicier que d'innocente victime. La vie n'est pas aussi simple qu'une coupure de presse. De me voir ainsi classé parmi les assoiffés de vengeance qui exécutent sans réfléchir, j'ai envie de hurler contre ces minables interprètes de faits divers, de me cogner la tête contre les murs. Que cette prison explose !

Moi qui n'ai eu cesse de me poser des questions sur ce geste fatal et monstrueux. Les heures se succédaient, m'éloignant de ce passé dramatique que je tentais tant bien que mal de reconstituer, jusqu'à cette entrevue avec Haraldo où je viens d'apprendre qu'Hermann n'était qu'un mythomane... Merde ! Comment le deviner ? Un mythomane ! Imaginez ! Après tout quelle importance ? Le mal est fait. Envie de pleurer... Envie de comprendre... Ce détail qui détruit mes convictions à peine ébauchées, ce détail que je fus à mille lieues de discerner cette maudite nuit, je veux en saisir la signification. A tous ces sots qui arrangent leurs affaires en m'octroyant l'indigne titre de « justicier », nous allons, Haraldo et moi, raconter une histoire un peu moins simpliste, tellement plus véridique. Je suis coupable de meurtre, c'est indéniable. Cela n'implique nullement que je me contente d'à-peu-près. Je veux savoir, veux qu'ils sachent...

Haraldo me tape sur l'épaule. Je sors de mes « rêveries ».

— Un cri ! Un cri pour disparaître...

— Pardon ? s'étonne Haraldo.

— Oui ! Comme si Hermann avait voulu cela.

— Tu veux dire qu'il t'aurait raconté toutes ces horreurs dans le seul but de te convaincre de le tuer ?

— Je ne sais pas... Peut-être ! Une sorte de suicide par procuration.

— Pourquoi avec toi ? Il a dû avoir d'autres occasions.

— Alors quoi ?

— Sa haine était si démesurée, les mots avaient pris un tel pouvoir qu'il ne s'est pas rendu compte...

— Quelque chose me gêne, Haraldo... Je ne sais quoi ! Je dois fantasmer... Je ne peux m'empêcher de penser à un secret, enfoui quelque part !

— Un secret ! Quel secret ?

J'allume une cigarette. Un secret, très loin, dans son passé, qui le tiraillait. J'ai la sensation qu'Hermann souffrait d'un mal invisible. Quel mal ? Guérir de quoi ? J'avais cru le sentir à maintes reprises, plus précisément après que Miss Stella lui eut parlé : son regard était triste, il avait baissé la tête. Un court instant, nous avions cru entendre un cri de désespoir, message silencieux où nous voulions lire le remords et un désir de mieux vivre. Un court instant, j'avais eu envie de vénérer Miss Stella. Malheureusement, cette nuit maudite, la haine dépassait toute remise en question. « Un brave type ! », m'avait bien juré Gustav. Alors quoi ? Hermann mort, il ne reste qu'une seule personne qui doit pouvoir nous aider.

— Quel secret Thomas ?

— Erika !

— Viens-en aux faits !

— Le silence d'Erika...

— Selon toi, il cachait quelque chose ce silence ?

Y aurait-il un secret qui expliquerait le comportement d'Hermann ?

— Je n'en suis pas certain ! Erika semblait transparente, comme résignée à un mutisme définitif. De plus en plus, j'ai le sentiment qu'elle aurait pu dominer la situation, mais que, d'un commun accord avec Hermann, il restait entendu qu'elle demeurât à l'écart. Elle a dit deux trois mots, a joué du piano, *I got a woman,* s'est fondue dans le décor, a disparu... Et pourtant ! Si tu avais vu les éclairs que lançaient parfois ses yeux bleu pâle... Comme une reine... Une reine muette...

— Tu as peut-être vu juste, m'interrompt Haraldo, elle passe au cabinet cet après-midi !

— Bien... bien... Haraldo, je dois savoir ce qu'elle faisait à Cuba, avant Hermann. Je vais payer mon geste, cependant je ne veux plus douter. Qui était-elle ? Qui était-il ? Qui était l'homme que j'ai tué ? Un jour, criminel de guerre, l'autre, mythomane ! Qui est mort ? Celui-ci, celui-là, ou un autre !

— Je vais m'en occuper.

— S'il te plaît, Haraldo ! Si tu avais entendu ses cris, son rire, sa façon de prononcer « Morrisss », comme si ça devait recommencer, la mort de millions de juifs, le cauchemar. Si tu l'avais entendu, regardé droit dans les yeux ! Il n'avait pas le regard d'un simple mythomane... Cette nuit-là, Hôtel des Hautes-Vagues, on eût dit qu'il défiait une force invisible...

— Erika nous dévoilera cette force, elle nous expliquera...

— S'il te plaît, Haraldo ! C'est si important.. Tu sais, je ne me fais pas d'illusions, je risque une lourde peine... Quand on a tué un homme ! J'ai tout gâché mais ça m'a changé... Je suis prêt à en baver, à payer des jours et des jours et des années, mais je ne veux pas être l'assassin d'une ombre le restant de mes jours, parce qu'on ne peut rien penser d'une ombre…

— Je comprends, Thomas. Je suis là… Aie confiance… M'occupe de tout… c'est promis ! Hermann ne sera plus une ombre. Tu as ma parole…

La visite touche à sa fin. Nous fumons une cigarette. Je crois qu'il neige dehors, dans l'autre monde. Ça fait du bien de parler. Haraldo ne connaît pas la date du procès. Mon dossier est en cours. Au tribunal, il compte évoquer l'importance des juifs de Vienne dans la musique, la littérature, le théâtre et les arts appliqués. Rappeler au bon souvenir des juges des artistes tels que Mahler, Schoenberg, Strauss, Schnitzler et tant d'autres qui participèrent à la vie intellectuelle dans la capitale autrichienne, jusqu'à l'avènement du National-Socialisme, un jour de mars 1938, qui devait marquer l'issue d'une période et détruire la communauté si chère à Stefan Zweig.

Ainsi, en s'attaquant aux juifs une nouvelle fois, Hermann s'était rendu coupable d'incitation à l'injustice et au racisme. Haraldo me prévient toutefois qu'il s'agira de ne pas froisser la susceptibilité d'un jury où se trouveraient probablement des partisans de l'idéologie nazie. Surtout ne pas évoquer le terme de « justicier » à mon égard. Refuser cette étiquette. Quand je lui parle des mots de Sartre griffonnés sur la nappe, Haraldo m'affirme en souriant qu'aucune des parties ne possède une telle pièce dans son dossier. Et de brûler devant mes yeux le billet des Hautes-Vagues… « Tu peux remercier une certaine Vera ! » me dit-il. Vera ! Les plus beaux yeux noirs de la terre. Et je pense à nouveau que cette fille est touchée par la grâce…

En ma faveur, il apparaît que le procureur général est en passe de faire sienne la thèse selon laquelle cette affaire peut tomber sous le paragraphe 287 du Code pénal, dixit Haraldo. N'y comprends pas grand-chose. Haraldo m'explique qu'il va sans doute plaider l'état d'ivresse : nous aurions beaucoup bu ce soir-là, Hermann aurait tenu des propos incohérents, je l'aurais tué en état de complète ébriété. Fameux paragraphe !

Formule magique que ce paragraphe 200 et des poussières, stipulant que je suis passible d'une peine d'emprisonnement de trois ans ou d'une amende n'excédant pas la valeur pécuniaire de trois cent soixante jours d'internement ! En ce qui me concerne, j'ai peine à croire qu'un assassin puisse être si légèrement condamné en invoquant simplement l'état d'ivresse. Les voies de la justice sont impénétrables, il est aléatoire de se réjouir de suppositions. S'attendre à une peine plus conséquente. Éviter ainsi à Haraldo la pénible tâche de m'avouer que rien n'est gagné.

Tout de même, il m'avoue, me fait part de ce que l'avocat de la partie adverse, partie civile au nom de la veuve, héritier d'une lignée d'hommes de loi, éminent juriste de surcroît, est quant à lui bien décidé à plaider la pleine responsabilité de l'accusé… C'est-à-dire moi ! Maître Ludwig l'a signifié aux journalistes. Je souris à la pensée que ce Ludwig-là ne risque pas de me jouer le concerto que j'aime écouter. Il va s'évertuer, s'éreinter, s'échiner, tenter de réunir les preuves nécessaires à l'annulation du paragraphe. J'entends cela d'ici : « Objection votre Honneur… Objection acceptée… Votre Honneur, j'ai la preuve formelle que l'accusé Morris n'était pas plus saoul qu'irresponsable au moment du meurtre... Oui, j'insiste sur ce terme... Morris est un meurtrier... blablabla... Attendu que... En conséquence, votre Honneur, je réclame la plus grande sévérité à l'égard de l'accusé... Le mari de ma cliente est une victime du passé... La guerre finie, notre beau pays doit se protéger des justiciers... Votre Honneur, je requiers la perpétuité ! » J'entends cela d'ici... Je m'en fous !

Brave Ludwig ! Je ne vais pas pleurer devant les jurés ni trembler face à mon juge... Ni annoncer d'une voix étranglée que je suis un pauvre fou... Ne me souviens pas non plus d'avoir tant bu et que soit justifiée l'application du paragraphe miracle du Code pénal...

Romantique et sublime Haraldo ! Contraint de se faire avocat du diable. Me doute que Maître Ludwig va tout éplucher. Voici deux ans, je fus atteint d'une grave méningite ! Résultat des courses : médicaments à vie ; dès lors, le médecin m'avait fortement déconseillé l'alcool ainsi que tout énervement. La suite est aisée à comprendre : il n'avait pas fallu grand-chose pour que je m'emportasse ! Voilà comment un homme devient un être impulsif ne souffrant aucune contrariété. Dans la série des hypothèses, Haraldo précise que je peux encore être accusé d'avoir proposé à Erika de monter dans ma chambre, je crois rêver ! Haraldo me tape sur l'épaule. « Ne rien laisser au hasard... », dit-il.

Il va de soi qu'Haraldo a besoin de mon aide pour mener à bien sa plaidoirie. Cela m'effraie justement. Je pense plus au sens de mon geste qu'à mes chances de ne pas écoper d'une peine trop sévère. Je ne veux pas que s'efface la vérité. Avec mes mains, j'ai tué un homme. J'ai peur parce que je ne sais si je suis capable de sauver ma peau en mentant, en jouant une comédie d'ivresse. C'est une étrange sensation. Quand on étrangle un homme, peut-on parler d'accident, d'ébriété ? Pauvre Haraldo ! Je crains de n'être qu'un boulet à ta cheville, ne veux pas entraver ta plaidoirie, n'aime pas ce paragraphe 200 et des poussières. Il me faut y réfléchir. En vérité, je pense à Erika. Rien ne se fera sans elle.

Bruit de clé dans la serrure. Le temps est écoulé. Haraldo me serre très fort contre lui. C'est bon. Haraldo de La Havane ! De parler avec toi comme ça, j'en avais oublié les murs de ma prison. « La partition devait s'écrire... », je t'ai dit ces mots à l'oreille. Tu te lèves, on se sourit.

— Haraldo !

— Thomas ?

— Merci infiniment, dis-je.

Et le visage d'Haraldo fut éclairé par un rai de lumière. Je n'oublierai jamais la tendresse de ses yeux gris-vert.

La porte s'est refermée sur la solitude. Le gardien a déposé mon déjeuner sur un plateau en inox. Je n'ai pas faim. Fred joue du saxo, j'ai froid, je fume en écoutant Coltrane.

Quelques heures plus tard, sale goût de fer dans la bouche et comme des larmes aux yeux. En lisant le journal, je venais d'apprendre une horrible nouvelle. Agenouillé, les yeux mouillés, les mains tendues vers le soupirail où le soleil se couchait, je poussai un long cri silencieux, sanglot désespéré du jour qui s'éteignait encore une fois : Franz, mon ami du Luna Park, s'était pendu dans sa cellule.

Prison de Salzbourg. Février.
Lettre à Léa.

« Mon amour,

Tant de choses à te dire. Ce n'est pas une belle histoire. Je ne suis pas sûr de bien la raconter...

Comment écrire un éclair de seconde ? Comment t'annoncer que j'avais quitté un traître en moi, l'homme qui avait trahi ses rêves... J'allais te retrouver, autre, et la partition s'écrivait. Quelque chose allait enfin m'arriver, j'allais te retrouver Léa, juste après le destin, mon voyage...

Mon voyage ! Ma vie a commencé en gare de Vienne, Thomas est né en Autriche.

Laisse-moi t'écrire la partition du voyageur...

En Autriche, vivait un homme qui, désormais, repose en paix.

C'est l'histoire d'Hermann qui n'aimait plus les hommes.

De mes sentiments, de mon pacifisme, il ne restait que des lambeaux, comme si l'on m'eût passé au tamis d'un pulpoir. Je n'étais plus qu'un pantin débarrassé de ses fils, libre et fou, fruit sans écorce, vestige d'homme, ombre brute, prêt au pire sans le savoir, aveuglé par la cruauté d'un portier de nuit. C'était un hôtel dans le soir, avec sa belle enseigne bleu de mer, blanc d'écume.

Les Hautes-Vagues. Velours rouge, ventilateurs aux hélices d'or. Tu l'aurais adoré. Sauf que...

C'est l'histoire d'un voyage en enfer.

Mon cœur, étoile pulsante, ne battait plus que vers le silence et la mort, seule issue du cauchemar. Le dégoût des massacres m'avait changé de côté, la mémoire de Mathias et Ezra, voilà ! Je suis devenu un assassin.

Vera, la violoniste aux yeux noirs, avait deviné. Que pouvait le poème silencieux de son regard éperdu d'humanité contre la cruauté verbale de la condamnation d'Hermann ? Les dés étaient jetés, le hasard n'en ferait qu'à sa tête.

Le hasard !

Léa, je connais maintenant ce pouvoir oraculaire de l'inconscient, quand il se libère de son bâillon, se manifeste. J'ai écouté sa voix comme on écoute celui qui vous dit la vérité.

C'est l'histoire d'un homme en prison.

Comme un certain Desnos des années 20, j'écris parfois dans mon sommeil, en transes, avec mon stylo hypnotique. Au réveil, je contemple ébaubi ces lignes de mots de travers, décousus, synthèse de mes rêves, et qui m'éclairent alors sur les mystères de ma pensée obscure...

En tuant Hermann, j'ai cru répondre à une vérité. Je me suis demandé : à quoi bon vivre dans un placard ? A quoi bon se voiler la face ?

Il y a des siècles, l'oracle de Delphes...

A présent, je sais que j'ai été trop rapide, voire

inconscient, à présent seulement ! Je ne regrette pas mon acte à l'instant où il fut commis. Je ne regrette qu'un pitoyable résultat.

Hermann mort. Thomas en prison.

Cette prison où, chaque nuit, profitant du sommeil de ma conscience, s'insinuant entre des cauchemars peuplés de lézards, ma main trace comme des hiéroglyphes sur un carnet à spirale. Et tout cet apparent désordre de pleins et déliés, entrelacs de traits noirs et tremblés, ressemble alors à l'appel d'un autre en moi. Au matin, lorsque les animaux du désert se métamorphosent en cafards qui grimpent sur mon ventre, ce miroir de mes délires nocturnes ne me renvoie jamais l'image de celui que je pensais être. Je vois un Thomas de vingt ans, comme au Tomaselli...

J'en ai déduit que les miroirs mentent, trompent.

On ne peut regarder un tableau tant qu'il n'est pas achevé... On ne peut se connaître tant qu'on est en vie. Encore moins si on a fait fausse route ! De fait, les minutes passées à s'observer dans une glace ne nous apprennent rien. On peut chercher, on n'y découvre rien, car les miroirs ne racontent pas les actes. Voilà ce que j'ai appris : l'homme comme acte probable bien qu'imprévisible.

Dans un miroir on n'aperçoit que les désarrois et les sourires, les grises mines et les clins d'œil, les grimaces et les bouches en cœur, à la rigueur des résolutions dans l'éclat d'un regard ou la résignation sur les rides d'un front plissé, un reflet de soi-même, certes ! Mais une image passive, entre passé et avenir, qui s'efface quand vous tournez le dos. Je le sais bien, j'ai tourné le dos !

J'ai pensé aux miroirs de mon existence...

Pas une seule fois, mon amour, je n'y avais croisé d'assassin.

Léa, toi seule peux comprendre. Toi la compagne de nos heurts, de nos bonheurs. Toi qui m'as offert le plaisir en me laissant vivre comme un animal sauvage dans la violence de tes désirs. Toi seule peux comprendre ma vie qui change, mon idéal en branle.

Tu te souviens, mon idéal de paix !

La cruauté, l'injustice m'indignaient. Je n'étais pas misanthrope, tu le sais bien. Un solitaire au visage éteint rencontré dans la rue me rendait mélancolique pendant les heures suivantes. Et la joie m'envahissait si deux bouches s'unissaient au jardin des Hespérides.

Cet homme que j'ai tué ! Pourquoi ?

Cela ne servirait à rien d'y répondre. Je pourrais dire qu'il y avait urgence, nécessité et non vengeance. Je ne crois pas que Mathias et Ezra auraient voulu qu'il en soit ainsi. Personne n'a le droit de penser la mort comme solution.

C'est l'histoire d'un homme confronté à la souffrance de ses frères juifs.

Suis-je un monstre d'être trop lucide ? Léa ! Suis-je un monstre de ne pas être malheureux depuis ce plongeon dans l'Enfer ?

Le remords !

Je ne sais regretter mon acte en tant que tel, même s'il est fou, vain, sans suite autre que le deuil d'Erika. Pauvre Erika ! Si j'avais su... Je dois te parler d'Erika, des révélations de mon avocat. Je connais enfin le secret d'Erika. J'y viens. D'abord, je veux t'écrire où je suis.

C'est l'histoire de six mètres carrés de solitude...

J'accepte les conséquences de mon acte. Au

diable les lamentations, il faut aller jusqu'au bout, prendre son destin à bras-le-corps. Je vis ma première véritable solitude, celle que tout homme aspire à connaître, en secret. La solitude où l'on ressent la souffrance prise au piège dans six mètres carrés de murs clos. La lumière se confond avec l'obscurité, le pas des gardiens résonne dans les couloirs, des clés ouvrent et ferment des portes, le Cyclope veille, Fred joue du saxophone, chaque minute est éternité... En vérité, il n'y a plus de durée qu'un calendrier dont on barre les chiffres, un tous les jours comme autant de coups de poing à l'oubli. La solitude est un monde où les hommes ne parlent plus. Une solitude totale dans le tic-tac des heures muettes. C'est le désert. On se débarrasse, ne garde que l'essentiel. J'ai l'air d'aimer cette solitude ? Oui, presque ! Si différente de la solitude grise et terne et oppressante qui vous isole au milieu des autres. Il y a mille solitudes, une seule Solitude. Je ne prétends pas être heureux, ne suis pas malheureux non plus. Comment se plaire en prison ? On ne le peut, mais il y règne une haute solitude qui n'existe nulle part ailleurs. On n'a plus les yeux fermés ni les mains sur les oreilles, comme dans ces galeries de portraits que créent les grandes villes. On ouvre les yeux, grand, grand, on écoute, on attend, les bras tendus, loin, loin vers la lumière.

Indéfiniment, Sisyphe roulait sa pierre jusqu'au sommet d'une montagne. Nous lui ressemblons, roulons notre bosse. Un jour, tout de même, nous atteindrons la crête, bien calés par le poids de nos efforts. La tête dans le ciel, debout devant l'Éternel, nous exploserons de bonheur. Toi seule, Léa, peux comprendre le sens de ces mots, sans en déduire que je suis un clown triste. Que je suis illuminé. Je garde ma raison, mais je dois puiser mes forces dans la poésie et l'espoir afin de mieux vivre les années à venir.

J'ai aimé une femme qui s'appelle Stefania. Une raison de plus pour me détester. C'était un désir dans le froid de l'hiver. Un homme triste, une femme triste, c'est tout. Je ne sais comment te l'écrire. Je t'aime. En quittant Vienne, j'ai vu le Sanatorium de Kierling, j'ai pensé à ta passion de Kafka. J'avais un ami qui s'appelait Franz K.

Disparaître c'est réussir, disait le poète. Je veux vivre encore. Ce voyage, ce geste irréversible m'ont plus appris sur moi-même que les années dépensées à courir autour de la terre. J'ai tué par aveuglement, voire par déséquilibre psychique, mais j'ai tué par amour, par passion. J'ai tué parce qu'on voulait du mal au nain chauve, aux fils de Mathias, aux frères d'Ezra. Et cela valait bien le sacrifice de ma liberté. A quoi sert une liberté si on ne sait qu'en faire ? A quoi sert un navire sans mât ni voile ? Nul cynisme dans mon propos. Je ne veux à aucun prix ériger le crime en panacée. Je parle trop de moi, ne parle que de moi. J'ai si souvent joué la comédie de l'aventurier des temps modernes. Je t'ai menti, Léa. Je n'ai finalement réalisé que deux choses importantes dans la vie. Je t'ai rencontrée. J'ai tué un homme. Aimer, tuer ! Cela tombe comme le couperet d'une guillotine. Je te l'ai dit, au diable les lamentations ! Au diable l'accablement ! Si c'était à refaire ? Je ne recommencerais pas, je recommencerais, ne sais pas, vraiment pas ! Voilà ma réponse. Le miroir moucheté de ma cellule est aussi indécis. Il se méfie de moi, je me méfie de lui.

Je pense qu'Hermann avait décidé de disparaître, d'une manière ou d'une autre. Il serait plus juste d'expliquer qu'il ne supportait plus la vie. Sa vie. C'est ce qui m'a bouleversé dans la confession d'Erika.

Pardonne-moi, Léa, de tarder.

Je dois te parler de la vie en prison. Pendant la promenade, les hommes viennent me voir avec des confidences, demandent que j'écrive leur histoire. C'est un moyen de se libérer par procuration. Je passe le plus clair de mon temps à noircir des feuilles que je déchire dès qu'un mot n'est pas juste. Toujours l'essentiel. J'écris la partition d'un voyageur, l'initiation d'un anti-héros, la naissance de Thomas Morris, mon livre enfin ! *Citadelle des Espoirs* en est le titre. L'aimeras-tu ?

La vie en prison...

Il y a les fantasmes en prison. Ils sont le prix à payer pour apprivoiser la haute solitude dont je t'entretenais plus avant. Chaque soir, je ferme les yeux. Dans un état qui s'apparente au sommeil, j'entends la musique des perles autour des hanches des jeunes filles noires qui dansent quelque part en Casamance. J'entends vraiment, à en devenir fou, dingue ! C'est alors un défilé imaginaire de jarretelles, culottes échancrées, bustiers qu'on ne peut dégrafer, nudités promises, jamais offertes, et ma main qui imprime un long va-et-vient à la raideur de mon sexe. Ma main, fourreau tronqué, où le sexe d'une femme n'est qu'illusion à en pleurer de désespoir, à en gémir d'urgence, et c'est une longue souffrance, longue, douce, va-et-vient désordonné, cœur emballé, larmes, éjaculation dans un cri étouffé, une main accrochée aux barreaux, l'autre crispée sur mon intimité, le sperme qui s'étale sur le mur humide comme un ruisseau abandonné, les yeux perdus dans la nuit où s'effacent, comme éblouies de la nouvelle lune, les images de Casamance qui m'avaient fait désirer si fort que je m'étais branlé comme ça, dans le vide, pour rien, par solitude. Seul moyen de s'endormir, l'âme en paix, le corps tranquille. Dormir ! Si tu savais, Léa, comme c'est dur au début.

A la tombée du soir, il me vient des histoires du monde, des histoires de liberté où nous sommes tous les deux...

C'est l'histoire de la nuit qui empêche de dormir.

Tu vois, mon amour, je pensais que les nuits seraient un long sommeil, l'oubli qui raccourcirait le temps. Au contraire. Comme dit Fred, la nuit on gamberge, on devient insomniaque. La nuit, on entend presque les idées se bousculer dans sa tête. Le jour, c'est comme dans un bureau. En plus du roman, je pense aussi à un ouvrage sur le terrorisme, j'écris, j'écris, j'écris. Je vis. J'ai rédigé un hommage à Franz, Haraldo va l'envoyer aux *Nouvelles du Globe*. Mon dernier article. La nuit ! Dieu, que la nuit est longue... Amis, amants, vous traversez la nuit comme des étoiles filantes... Prisonniers, taulards, nous dînons en tête à tête avec l'absence et le silence. La nuit ! Commence la vraie prison. Dans les autres cellules, cauchemars et toux, plaisirs solitaires et accords en sourdine du saxophone de Fred ajoutent à la densité du vide. Dernier regard du Cyclope, et hop ! Faites de beaux rêves...

Tu m'as manqué, me manques, va me manquer...

Nous ne ferons plus l'amour avant longtemps. Je me sens proche d'Artaud et son « éternité d'enfer » qu'il vivait dès qu'un peu d'air entrait dans ses poumons. Et l'amour impossible du poète pour Genica, la belle en noir, ressemble à mon désir de toi. Faire exploser les lois ! disait l'homme au cerveau scié par la guerre. Bel Artaud contraint de supporter les désordres de son âme... Cher Thomas désireux, lui aussi, de faire exploser les lois lorsque la nuit l'enveloppe de toutes les solitudes.

Pardonne-moi ce discours sibyllin ! Au milieu du noir, j'ai peur des caresses attentives de la folie. Je dois me noyer dans les souvenirs. C'est souvent la peinture, vois-tu, qui me ramène à la raison. Dans l'obscurité, l'évocation des couleurs sur une toile m'éclaire comme le soleil à midi. Souviens-toi de *La complainte du lézard amoureux* ! Il revient souvent à ma mémoire, parce que tu m'avais mimé cette complainte du bout des lèvres :

Fuit pi du Fuit pi du
Rcc Rcc Fuuut pi du

Cette complainte dans ta voix de femme ! Comment ne pas t'aimer à jamais après cela ? Le lézard de Miro s'était mis à vivre.

C'est l'histoire d'un lézard à deux pattes, trois doigts à chacune d'elles, six doigts sur un long corps, fin, queue en tire-bouchon, un œil bleu, l'autre rouge, une tête jaune tournée vers un soleil aplati et vif, avec le bleu d'encre du ciel comme une mer autour de la terre, lézard amoureux sous une étoile à huit branches, une sorte de cactus vert et deux traînées noires, dressées vers les cieux comme des paroles d'amour... J'aime ce tableau, Léa, il me rappelle à toi. Nous nous sommes aimés grâce à lui. Cher petit lézard qui nous toucha, au mois d'août, temps des lézards amoureux qui courent le long des murs de pierre, qui y vont de leur complainte et se séduisent dans l'espace réchauffé de leur premier rendez-vous.

Mon amour, tu dois t'impatienter. J'en viens justement au secret d'Erika.

C'est l'histoire d'une juive allemande qui combattait le nazisme. Bien avant 1933, Erika devina qu'un enfer se préparait. Avec ses compagnons, elle cria, personne n'entendit. Erika quitta Berlin destination Autriche et Suisse où les Allemands n'avaient pas besoin de visa. Plus tard, elle fréquenta les cercles antinazis de Prague, puis se rendit à Paris. La guerre déclarée, ce fut le temps de l'invasion. Les Allemands résidant en France étaient apatrides, réfugiés de la gauche. Peu importe ! L'armistice signé par Pétain légalisait l'extradition en Allemagne des juifs et des émigrés antinazis. Traqués dans la France de Vichy, ils furent capturés et parqués dans le camp de Gurs, près de Toulouse, lequel avait déjà « accueilli » des milliers de républicains espagnols fuyant les sbires de Franco. Au printemps 1940, Erika s'échappa. Elle fut aussitôt contactée par un comité de secours américain qui devait lui proposer d'organiser une filière d'évasion au service des réfugiés de provenance allemande. Les Pyrénées ! Franchir la frontière espagnole ! Emprunter un sentier de contrebande dans les montagnes ! Pendant des mois, Erika brava le danger, conduisant des centaines de réfugiés vers la liberté en ouvrant la célèbre route des crêtes. Reconstruire la démocratie en Allemagne ! Erika mit toute son ardeur à accomplir cette tâche, jusqu'au jour de la débâcle où il lui fallut plier bagage. Elle obtint un visa, franchit le poste frontière espagnol de Port-Bou, s'exila à Cuba. En août 46, débarquant à Vienne, Erika fit la connaissance d'Hermann qui venait d'être libéré deux mois plus tôt.

Ainsi, cette femme silencieuse de l'Hôtel des Hautes-Vagues avait risqué sa vie pendant la guerre. Reine muette ! Au nom de la démocratie, Erika avait défié la mort comme on défie l'indifférence, la défaisant par un sourire, épousant sans condition l'existence dangereuse des héros de guerre. Si belle aventure qui allait déboucher sur un cauchemar, dans l'enceinte d'un hôtel salzbourgeois...

C'est l'histoire d'un homme et d'une femme, si différents qu'ils n'auraient jamais dû se rencontrer...

En 1948, les jeunes mariés prirent les Hautes-Vagues en gérance. Au fil du temps, de plus en plus étouffé par le rôle qu'avait joué sa femme pendant qu'il était prisonnier de guerre, Hermann devait se métamorphoser. Maintes fois, Erika voulut lui expliquer qu'il en aurait fait de même si on ne l'avait capturé, peine perdue ! Hermann se désespérait de son impuissance. Erika pensait vraiment ce qu'elle disait, Hermann savait qu'il n'aurait jamais la trempe d'un héros. Cette femme exceptionnelle ! Elle blessait son orgueil. Erika proposa qu'on n'en parlât plus. Cette réserve naturelle alliée à un sincère désir de ne plus se déchirer avec les souvenirs et de s'aimer chaque jour, Hermann la considéra comme de la fausse modestie. Erika se fichait pas mal de son prétendu héroïsme. Hermann ne se remettait pas de son séjour forcé en Angleterre. L'une souriait à son avenir, l'autre pleurait sur son passé.

Tu imagines, mon amour, l'infini qui les séparait.

Chaque matin, Hermann regardait sa femme paisiblement endormie à ses côtés. Ce charmant sourire au coin des lèvres, bonheur émouvant et froissé d'une femme épanouie dans le dernier rêve de l'aube, Hermann y lisait la vanité. Chaque matin, Hermann haïssait cette femme qu'il ne voulait plus toucher, qui semblait heureuse, pourtant, comme s'il l'avait honorée du crépuscule aux aurores. Chaque matin, il la dévisageait avec un air bizarre, l'accusant secrètement du mal qui l'accablait, de cette blessure qu'il s'était créée lui-même à force d'y trop penser. C'était lui, Hermann, misérable prisonnier de guerre, misérable portier de nuit ! Chaque matin dans le lit d'une femme qui souriait et qui l'avait ridiculisé en accomplissant les actes de bravoure que dix hommes comme lui n'auraient sans doute pu imiter. Chaque matin, Hermann se détestait un peu plus.

Comme les vents érodent la nature, les idées fixes rendent fou, on finit par perdre son âme.

Malgré la gentillesse d'Erika, Hermann n'étouffa pas ses rancœurs. Pis ! Selon lui ces attentions de femme amoureuse n'étaient que de la commisération. Hermann avait pris sa décision, il allait changer ! Il serait quelqu'un d'autre, quelqu'un d'important, quelqu'un de remarquable. Définitivement ignorant de la réelle passion que lui vouait Erika, il considéra cette dernière en tant qu'ennemie. Il se créa un personnage, s'inventa un passé de nazi qu'il peaufina par une lecture assidue de *Mein Kampf*. En quelques semaines, le transfert s'opérait, Hermann se persuada qu'il avait massacré des juifs pendant la guerre. Erika n'avait rien dit, quoique effrayée, devinant à quel point son mari devait souffrir du passé. En arriver là ! Par amour, dans l'espoir qu'Hermann se lasserait de ces provocations, elle laissa place à l'exorcisme de ses démons. Héroïque Erika ! Elle mena son combat à sa manière, tâchant de mettre la main sur les boîtes de médicaments qu'il consommait de façon abusive au point d'en perdre la raison, détournant les bouteilles d'alcool qu'elle diluait avec de l'eau... Elle continua de l'aimer, vivant dans l'attente de ces instants magiques où Hermann, non encore imbibé de gin, recouvrait une parcelle de lucidité et redevenait presque lui-même.

Jusqu'au jour où il l'invita à se suicider avec lui, comme Hitler et Eva Braun au mois d'avril 1945.

Tu vois, Léa, quand les trains ne s'arrêtent pas ! En se plongeant hors de son corps, Hermann avait exercé une maîtrise sur ses accès de désespoir, certes ! Mais il était devenu un monstre, une enveloppe vide, sans âme. Erika, quant à elle, avait accompli un long chemin. Difficile de revenir sur ses pas. Tu vois, Léa mon amour, c'était trop tard...

Et comme elle refusa la macabre proposition d'Hermann, ils devinrent des étrangers l'un pour l'autre, réunis de l'habitude, séparés de l'indifférence, une âme morte et un cœur vaillant, enchaînés dans l'enfer conjugal pour le meilleur et pour le pire.

C'est l'histoire des Hautes-Vagues, du piège dans lequel nous tombâmes, Erika et moi, une nuit où le destin soufflait fort en bourrasques de douleur sur un océan de folie.

Tout entière dévouée à son mari dont elle ne pouvait oublier les soleils qu'il lui offrit durant leurs noces viennoises, Erika se tenait pour responsable des crises de celui-ci. Comme si elle était responsable de son glorieux passé ! Les choses de l'amour ne s'expliquent pas... En souvenir du paradis des premières délices, Erika avait accepté de signer un pacte avec le diable. N'ayant pu se résoudre à le quitter, elle le protégea, l'assista et lui joua du Ray Charles des matins tourmentés aux soirs d'ivresse.

Voilà leur secret. A présent, c'est l'histoire d'une femme qui n'a plus rien. Il paraît qu'elle a vieilli de dix ans, que ses cheveux sont presque blancs, que ses yeux bleu pâle sont menacés de cataracte. J'ai su pourtant qu'elle désirait témoigner en ma faveur. Au tribunal, elle compte avouer l'inavouable. Erika avait déjà pensé mettre fin aux jours de son mari.

Elle n'en avait pas eu la force. Alors, constatant avec quelle passion je défendais la cause de mes frères juifs, elle avait deviné qu'en laissant Hermann donner libre cours à ses provocations je n'aurais pas d'autre choix que d'agir. Pensait-elle à la mort ? Hermann pouvait-il guérir ? Nous ne le saurons jamais.

Ainsi, Erika s'estime aussi coupable que moi. Selon ses mots je n'ai été qu'un "pion sur l'échiquier de leurs mystères".

C'est une histoire étrange et déroutante, Léa. C'est tout de même l'histoire d'un homme qui en étrangle un autre. Moi-même, je n'ai pensé qu'à Ezra et Mathias, n'écoutant que mes souffrances, n'obéissant qu'à ma rage, sans essayer de démêler l'écheveau des tourments d'Hermann, des silences d'Erika. La mort était-elle la solution ? Je me poserai longtemps cette question, je n'y répondrai jamais. Même si je n'avais pas le choix, même si je n'étais qu'un pion face à la reine et son fou, je voudrais qu'Erika me pardonne mon geste, qu'elle sache comme je l'estime pour sa franchise. Même s'il est trop tard, même si je crois en l'Éternel Retour...

Nous étions de si bonne humeur à l'Hôtel des Hautes-Vagues... "Tout peut arriver", m'avait confié Léopold. "Fais attention à toi", m'avais-tu crié dans le *Mozart Express*.

C'est l'histoire d'un bouquet d'épices, d'un cauchemar, de pressentiments, d'un rêve qui devient réalité.

C'est l'histoire de François-Joseph qui a repris sa place derrière le bar de l'Hôtel des Hautes-Vagues.

C'est l'histoire du fantôme d'Hitler.

C'est l'histoire d'un homme qui naît à cinquante ans.

C'est la partition d'un voyageur, un hiver en Autriche.

C'est l'histoire d'un éclair de seconde. Franz l'a rencontré, je l'ai rencontré, tout le monde peut le rencontrer.

Aux dernières nouvelles : compte tenu des confessions d'Erika, Haraldo pense plaider non coupable. Plutôt confiant le romantique et sublime Haraldo ! Mes amis des Hautes Vagues vont paraître à la barre, ainsi que Maria et Léopold. J'ai reçu une belle lettre de Stefania qui a décidé de continuer l'œuvre de Franz. Vera et Gustav m'ont envoyé une cassette du *Concerto l'Empereur*. Adagio un poco mosso, comme un rêve dans une cellule. Miss Stella écrit le scénario de nos destins croisés, peut-être qu'Hollywood en achètera les droits ! Roberto, Lydia, Paul de Lavi et Anna oublient cette aventure au Sinaï...

L'autre jour, Haraldo de La Havane m'a dit une chose qui m'a fait chaud au cœur. C'est une prière pour qu'on laisse enfin les hommes tranquilles. C'était à Vienne devant la cathédrale St-Stephan, des hommes ont lâché des ballons, des centaines de poèmes ont traversé le ciel : "Libérez les juifs d'URSS". C'est un bel élan, je trouve, comme les hommes devraient toujours en avoir.

Fred fait des progrès de jour en jour, Coltrane n'a qu'à bien se tenir.

Léa ! Presque un mois que je suis ici. Pardonne-moi d'écrire si tard, il fallait que je débrouille le désordre de mon esprit. La nuit dernière, j'ai rêvé qu'on se retrouvait tous les deux à Berlin, Check Point Charlie, musée de l'évasion... La liberté me travaille, n'est-ce pas ? Et je t'aime.

Mon amour, cette lettre s'achève.

Je ne t'ai pas encore dit, la Citadelle ! A travers les barreaux je peux voir cette masse de pierre où je puise mon espoir. Je passe des heures à la regarder, le soleil se couche en elle. La Citadelle est sur une crête, en haut de la vague, en altitude. Comment te dire, Léa, mon désir de devenir meilleur, ma soif de mieux-vivre ? C'est comme l'ivresse de Segalen en Polynésie, amoureux que je suis d'une Océanie tout au fond de moi, tout au fond de nous, dans les Tropiques de l'Espoir comme la promesse d'une autre vie dans un monde meilleur. Je sais bien, mon amour, qu'on ne va jamais jusqu'au bout de la connaissance de soi, mais si on avançait ! Avancer c'est apprendre, essayer c'est réussir. Et j'ai besoin de toi.

Des gens qui s'aiment s'embrassent, s'enlacent, s'étreignent au pied de la Citadelle. Je les vois, quelquefois, dans le soir. La Citadelle, je l'aime parce qu'elle protège les hommes. Autrefois, elle résista contre les assauts ! Princes et archevêques s'y réfugièrent, gardés des griffes ennemies. Aujourd'hui, ce sont les amoureux qui s'y abritent quand il neige sur Salzbourg. Moi aussi, mon amour, je veux m'y abriter, y résister et ne jamais oublier la beauté du monde et ne jamais oublier que je t'aime...

Léa.

Même la nuit, si la pleine lune n'est plus, je devine la Citadelle, sens sa présence, me fonds en elle. Les murs suintants, le froid, la solitude n'existent plus. Je suis au sommet d'un glacier bleu, une Citadelle avec un cœur qui bat. Et j'attends mon procès.

Les jours passeront, un an, dix ans : un matin, peut-être, tu me pardonneras, et ma porte s'ouvrira sur la Citadelle des Espoirs. »

Cet ouvrage
composé en Souvenir romain c. 12
par Paris Photocomposition
a été achevé d'imprimer
par l'imprimerie Bussière
à Saint-Amand-Montrond (Cher)
le 25 août 1989

Dépôt légal : septembre 1989.
— N° d'édit. 7355. — N° d'imp. 9164. —
Imprimé en France

7355